快樂工程

蕭蕭

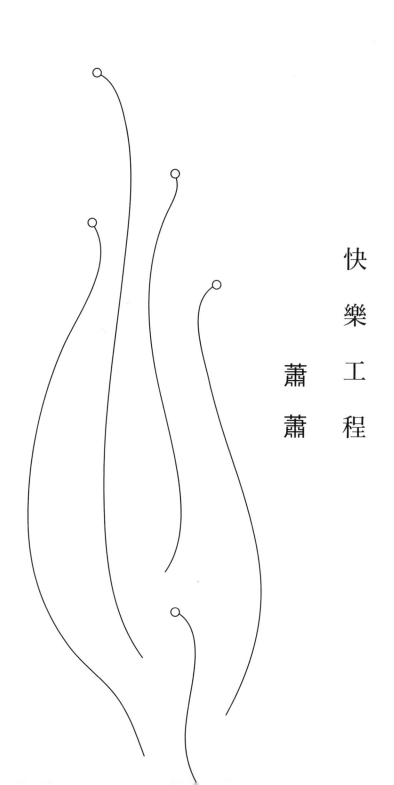

輯一／港大駐校作家記事簿

輯二／明道住校作家記事簿

附錄

〔推薦序〕有緣・分享——作家「駐校」與「住校」的快樂

陳憲仁

《快樂工程》這本散文集區分為兩部分，輯一是蕭蕭在香港大學「駐校作家」時寫的作品；輯二是他在明道大學「住校」期間的文章。此書以此分輯，當然是表明這些作品的寫作，有時間、空間之不同，但為何要特別強調「駐」校作家與「住」校作家？

我對此特別有興趣。因為我曾在《聯合報・副刊》發表過一篇介紹明道大學的文章〈離文壇最近的莊園式大學〉，文中提到別的學校需外聘作家到校，而在明道，教科書裡的作家蕭蕭，既在中文系裡任教，又住在學校的學人宿舍裡，所以學生不只在課堂上可以定期聆聽他的精采上課，更可以不經意地在校園裡看到他在慢跑、在種花，故明道大學雖沒有短期的「駐校作家」，卻有長期的「住校作家」，我想蕭蕭此書強調「駐」與「住」，大概與此有關。

不過，一般人對「駐校」或「住校」作家的認知，可能都十分有限。臺灣自從一九九五年陳若曦應中央大學之聘，擔任該校「駐校作家」之後，不少大學、甚或中學，開始有了「駐校作家」之設。不時邀請知名作家在學校裡停留一段時間，對學生演講、座談，讓學生在校園裡也有遇見作家的喜悅。大家對「駐校作家」的認知，大概就止於認為這種設計，能帶給學校文學氣氛、給學生文學啟發而已。

而蕭蕭這本書，卻將「駐校作家」或「住校作家」的意義擴大了、翻轉了。原來作家「駐校」的制度，固然提供了學生接受文學浸染的機會、拉近了學生與作家的距離。但，作為作家，「駐校」或「住校」，本身其實也是一種成長；作家「駐校」或「住校」，受益的也不只學生。

試看蕭蕭在輯一「港大駐校作家記事簿」及輯二「明道住校作家記事簿」所述，並不是「駐校」或「住校」的演講內容、校園紀錄，而是「駐校」及「住校」期間所思、所感、所見、所聞。

蓋不論「駐校」或「住校」，對作家來說，都是離開熟悉的環境，離開熟悉的家；都是生活空間的變動，也是生活體會的增長。他們「駐校」，一方面由於時間比「旅遊」長，所以有機會深入觀察；一方面又由於時間比「居民」短，所以不會習焉不察。尤其歷經不同的環境、接觸不同的人，視野擴大之後，必定時時有意外的發現。這對寫作的人來說，下筆的題材一定增多，思考的層面一定有異，作品自然源源而出。

此書篇章多達半百，即是明證。其中有談哲理，有述知識，有析寫作之方，有論港臺語言、文字之異；也有師生互動、教學相長的一些新刺激、新衝擊、新思考、新學習，以及言教、身教、心教等，都是「駐校」與「住校」的收穫。這些豐富的內容，包含著觀念的創新、實務的驗證、以及人生哲理的啟發，如：

談知識：告訴我們除了專注之必要、讀書之必要、查證之必要外，尚須出去看外面的世界，擴展見聞，增長智慧，不要弓身處在知識的小窟洞裡。

談人生：知識之外，亦須重養生、健身、怡情；且生活態度上，「童心」萬不可少。

而論寫作的方法：則在注意對仗之美、諧音之妙外，更強調靈感、觀察、思考、想像、創意之重要。

總之，這些內容既是「駐校」和「住校」的發現、心得，我們相信，蕭蕭在香港大學「駐校」以及在明道大學「住校」期間，演講之外、上課之餘，自己一定覺得收穫極大，充滿快樂，故而筆之成書，無私地與大家分享，讓學生及接觸到這本書的讀者，在觀念、知識、寫作、人生上都能獲益。

蕭蕭著述極勤，做事極快，此書原本二〇一五年上半年即可出版，只因為要我寫序，遇到了慢郎中，遷延數月，不見催逼，我還以為這本書早出版了，不意近日始知道他仍在等我的序文，不禁汗顏。

蕭蕭何許人也？當然不需介紹，但我與他的關係，除了同事之誼、文壇之友外，其實在某種程度上，他還是我的文學啟蒙師，因為我對新詩會有所認識，都是因為年輕時讀了他與張漢良合著的那套《現代詩導讀》及他無數的新詩教學與推廣的書，這樣一位「讀著他的書長大」的人，怎麼也沒想到，有一天竟受邀來為他的書寫「序」。

如果用本書第一篇〈斷章精采，人生不留白〉裡他一再闡釋的「因緣相生、事事關聯」的意義來看，自然會相信：人有緣、事有緣；前有緣，後有緣；說得上來的是緣，說不上來的更是緣。人世間事事、處處都因「緣」。

昔日，我讀他的作品，竟有今日回報他一篇文章的機會，這該也算是有緣。

原來，作家「駐校」與「住校」，會有如此多的緣產生，既有人之緣、事之緣、還有文章之緣！

此書名為《快樂工程》，正明白點出「有緣」是一種快樂。當然，作家「駐校」推廣文學教育，同樣也是一種快樂；至於「駐校」之後，寫書分享大眾，更是快樂之尤！

＊本文作者陳憲仁先生，為《明道文藝》創社社長，文學博士，明道大學講座教授。

輯一／港大駐校作家記事簿

斷章精采，人生不留白

二〇一一年的春天，我住在香港半山般咸道（Bonham Road）三十八號Y. W. C. A.，足足兩個月，這簡樸的旅舍屬於香港基督教女青年會，乾淨、俐落，適合讀書人行旅時住個十天、八天。旅舍是香港大學替我租賃，當時我是港大駐校作家，主要的任務是四場講座，其餘的時間，我可以自由自在旅遊各地，觀察香港。

我的住居處是九樓狹長型的臨窗房，打開鎖匙房門，我擁有四個房間、四片門，在香港應該算是奢侈的吧！四間房，除了廚房之外，都有一面落地窗，隨時可以從窗玻璃看見外面形形色色、高高瘦瘦的大樓，遠觀還可以瞧見中環著名的光亮建築物，夜裡燈光轉換七彩。臥室裡一張雙人床，一條側身才可以走的通道就在床旁邊，通道另一邊就是落地窗，中間有一張小學生的書桌，我放上筆記型電腦之後，只能再放兩本書，有時累了，不打字，轉身就可以將腳擱在床鋪上，不理窗外高樓的光影，看看閒書。床鋪旁，一步遠就是衛浴間，這一步遠不是一個箭步那麼遠，但也不可小覷，剛好容下一座頂天立地的衣櫥。衛浴間五臟俱全：一個浴缸、一個馬桶、一個洗臉臺、一個懸掛在牆壁上的置物架、一個「一個人可以轉身的地方」，晚間沐浴後，我喜歡關掉燈、拉開窗簾（這順序還不許弄錯），臨窗躺在浴缸裡，享受裸露自己、坦開心胸、人在半空中的那二十分鐘。

其實，我應該先介紹開門進來的客廳與廚房，一推開門是客廳，可以看見臨窗一張圓桌，桌面直徑不到一公尺，走一步路就可以在上面放置我買回來的蔬菜、水果、食物，真是體貼提重物的人，這是我吃飯或者看書的所在。圓桌旁就是一座小型電視機，電視機的後面、左面是兩堵厚實實的牆，後面的牆可以擋住外面的強光，有利於看電視，左面的牆上有門可以開、可以關，一開就是床鋪，算得真準，門板剛好不會擦到床沿。電視機對面當然是沙發，雙人座，香港的電視機和臺灣一個樣，喜歡和沙發相看兩不厭，都把對方當作敬亭山。緊挨著沙發，就是剛推開的門，門旁還是門，那是廚房的門，香港人應該都信仰「廚房容不下兩個女人」，至少這間廚房是依照這種信仰產生力量的，L型的石板面，剛剛好夠我燙蔬菜、下麵條、切水果，切好了，跨出廚房一步，直接送上餐桌。

我洗過手，坐近餐桌，直接把食物送上口。

剩下來的時間，臨窗，我可以悠閒看路上行人匆匆。

這時我想起手中正在整理的文稿，關於西元一九三五年十月，卞之琳從自己創作的詩歌裡擷取四句，獨立成篇，命名為〈斷章〉的那首詩：

你站在橋上看風景，
看風景的人在樓上看你。
明月裝飾了你的窗子，
你裝飾了別人的夢。

余光中說這首詩的妙處不限於寫景與抒情，還是一首耐人尋味的哲理妙品：「原來世間的萬事萬物皆有關聯，真所謂牽一髮而動全身。你站在橋上看風景，另有一人卻在高處觀賞，連你也一起看了進去，成為風景的一部分，有如山水畫中的一個小人。同樣地，明月出現在你的窗口，你呢，卻出現在別人的夢中。你的窗口因為有月而美，別人的夢呢，因為你出現才有意義。」（余光中：〈憑一張地圖〉，《詩與哲學》）

這時，我在九樓看陌生而璀璨的香港，會有誰在他的夢中念著我的璀璨或委頓呢？

余光中從這首詩看到世間萬事萬物皆有關聯，牽一髮而動全身。我在真實的世界裡，因為要為中學生說解這首詩，參考許多作品，閱讀過張曼儀編著的《卞之琳》（臺北：書林出版公司，一九九二），知道她還有一本《卞之琳著譯研究》（香港大學出版，一九八九），臺灣借不到，那麼輕易，我駐港大，圖書館一尋就有，後來還在餐會中跟她見了面，承她送我一本，這樣的因緣，在臺灣，想不到，到了香港，也未曾預料啊！

反觀卞之琳的一生，第一次從鄉下到上海，到商務印書館看書，買了冰心女士的《繁星》，從此開始對新詩產生興趣，誰又能料到呢？初次踏上北大，在往北京的火車上竟認識了清華的錢鍾書，那又是什麼機緣？一九三一年初，卞之琳成為徐志摩「英詩」課程的學生，徐志摩的理想主義、浪漫主義深深感染了他，並且將他推上了詩壇。徐志摩遭遇空難後，課堂的教授換成葉公超，葉公超又讓他沉醉於象徵主義、現代主義去了。卞之琳的詩因而能出入於二十世紀三〇年代「新月」與「現代」兩派之間，兼有二者之長，既能繼承古典詩傳統而不泥於古，又能借鑑西方現代詩潮而不歐化，卓然成家，直接影響四〇年代九葉派詩人，也玉成了卞之琳、何其芳、李廣田「漢園三詩人」的稱號。這些會是卞之琳生命中的必然嗎？這些必然來自於最初的一本《繁星》的偶然嗎？

卞之琳後來曾經寫過〈斷章中的斷章〉，更將這四行小詩「戲劇化」了，他這樣寫：

淚乾了，心靜了。她已完完全全融入到「夜、光、橋」的畫面中，但她自己不曾知道。

輕輕睜開眼，她驚奇地發現不遠處一座樓房的一個陽臺上，有一張和自己同樣落寞的臉正朝向這邊。

他是在看風景，還是在看她？她不知道，也沒人知道。

……

其實，能在失意時遇到與自己冥冥中繫有一點靈犀的人，是一種最美好的慰藉，最純真的幸福。

我在高樓看風景，該怎麼想呢？關於斷章以及斷章接續成的人生。

樓梯街口的望舒草

我在香港兩個月，活動的範圍其實真的不大，大約是半山般咸道、中環、碼頭，或者從薄扶林、港大側邊，經由山路到山頂。有時搭計程車，有時搭公車，有時朋友接送，大多時間是步行。皇后大道中、德輔道中、干諾道中是最常從車窗看見的大道，去了又回，回來又見，走路時左右一瞧還是在這三條大馬路的勢力範圍，可以坐車快速通過，也可以鑽入縱橫交錯的小路裡迷失自己，再尋找如何回到大道上。

出了Y. W. C. A.，往右拐，沿著般咸道走一段路，再循著「半山扶手電梯」下山，通常這是我往中環最便捷的方式。如果往左拐，可能是去覓食、爬山，或者去港大圖書館。

不過，每次我行走的路徑都會有些差異，提早一站或過了一站才下車，走一大段路才攔車，尤其是長達八百公尺的「半山扶手電梯」可以隨興上下，我當然要隨興上上下下。「半山扶手電梯」全名是中環至半山自動扶手電梯系統，原是為了往來中環至半山區的行人方便而設立的交通工具，二十年來可能已經成為觀光聚焦的所在。這電梯完全就是我們在百貨公司一樓到二樓、二樓到三樓的「扶手電梯」一模一樣，只是它全程在戶外，裸露在陽光中、頂上還加了棚蓋，從中環到半山，一街接一街，雙向滑動，省去人們一階接一階走踏、攀爬。據說它的長度應該是全球第一，美國舊金山是一個有坡度的城市，我不記得有這樣的建築，可以人不動路動，悠閒看盡兩岸風光，累的時候站上去瀏覽街景，興致來了，信步走下電梯，兩三步的腳程進入一家小酒店，喝點小酒，看流籠似的電梯送來觀光客一批又一批。

中環與半山、上環之間，本來就依山勢而建，頗有陡度，從皇后大道中要走到堅道，不知要使盡多少力氣。

有一次我從皇后大道中直直乘坐電梯上來，足足有二十分鐘之久，如果走路呢？那是有坡度、斜曲的路啊！

走出電梯口時，我覺得原先應該親自履踏的艱鉅竟然這樣悠閒站著上來，這一天，不算是運動過的人，決心從電梯口走回Y. W. C. A.。路，依山勢而建，那曲度彷彿彰化八卦山下的山腳路，不同的是供應日用品的商店、超市、餐廳，櫛比鱗次，一間接著一間，我就這樣巡視著。

累了的時候，就會有樹站在路邊陪你休息，這是旅遊的人都知道的定律。但是，當我站在一棵樹下時，我卻沒有休息的意念，因為我看到右手邊，從平地上來的街，就叫「樓梯街」！

樓梯與街，多麼矛盾的組合！

趨前一看，街，真如樓梯，石階依山上下，樓房依街迴走，又是多麼名副其實，多麼理直氣壯！

我從上環處往下一望，那適宜馬蹄的石階彷彿有了聲響，彷彿就要將你帶入香港開埠初年，十九世紀，那汽笛、那馬蹄、那旅人的喘息。

我想起五四時代的詩人戴望舒（一九〇五—一九五〇），抗日戰爭爆發後，一九三八年五月他曾到香港來，主編《星島日報》副刊《星座》，《頂點》詩刊，還發行英文刊物《中國作家》。傳聞他就住在樓梯街。

站在這喘息後的樓梯街，我在上環，如何衡量「雨巷」與「樓梯街」的距離？如何衡量「雨巷」優美的情意與「樓梯街」慌亂的腳步？

撐著油紙傘，獨自／彷徨在悠長，悠長／又寂寥的雨巷，／我希望逢著／一個丁香一樣的／結著愁怨的姑娘。

一九二八年寫出〈雨巷〉的雨巷詩人，盼望著能遇到有丁香一樣的顏色、有丁香一樣的芬芳、有丁香一樣的憂愁的姑娘，怎麼想都想不到十年後遇到的是處處阻難的家國坎坷！我們怎麼想也無法想像，面對日本的進逼，站在樓梯街腳的戴望舒，如何還能有丁香的浪漫、雨巷的情傷？

一九四一年戴望舒被捕了，就關在不遠處「域多利」監獄（中環奧卑利街十六號），在日本人的牢獄裡，他可能寫下〈獄中題壁〉、〈我用殘損的手掌〉這兩首名詩。如今，「域多利」監獄成了受保護的古蹟，但是，戴望舒呢？誰會瞻望他？又有誰會記得他的《望舒草》？

　　我站在樓梯街口，獨自結著愁怨，獨自彷徨。

　　……

當時，站在樓梯街口，或者中環街上，我也沒遇到我香港的詩人朋友也斯（梁秉鈞，一九四九—二〇一三），直到二〇一三年，他走了，重讀他的〈樓梯街〉，似乎我也回到樓梯街：

　　穿過樓梯街　我穿的木屐掉了／失去一雙木屐一切便都失去了／穿過樓梯街（不覺眾鳥高飛盡）／高樓建起來（秋雲暗了幾重）／我蹲下來在樓梯上摸索

我的影子／汽車隆隆聲中好像聽到你的聲音／好像說：那時——花開——一十一／說話斷續破碎我逐漸聽不明白／不知可不可以跟失去的聲音相約：／明朝有意穿著木屐再回來？

似乎我也試著跟失去的聲音相約：明朝有意，你會再回來嗎？

兩類人

人類、人類——人，可以分門別類嗎？

最簡單的也許就是把人分成男人、女人兩類，而且還留存刻板印象：男的總是陽剛、女的必然陰柔；爸爸養家、媽媽持家；暫時把中性人、陰陽人擱置在另一個空間。這種乾淨俐落的手法，又跟兒童的「好人、壞人」有一些些相似，看電影、電視，小孩子一定要分清誰是好人、誰是壞人，至少也要確定誰是我們這一國的，看見我們這一國的出現螢幕，彷彿就有了安全感；他們不知道多少好人可能藏著壞心眼，面惡者卻往往心善，我們這一國的習染已久，朱紫正邪也難分了。其實，更進一步思考，大人先生就能確知好人長什麼樣子嗎？好人眼中有好人，壞人眼中也有好人，誰才是好人？

男人、女人，好人、壞人，好像不是那麼容易可以確然二分。

當然也可以像下江南的乾隆皇帝，與江蘇鎮江金山禪寺的住持法磬禪師的問答，藏著機鋒：

乾隆問法磬禪師：「長江一日多少船隻往來？」
法磬禪師說：「依老衲看，只有兩艘船。」
乾隆：「怎麼只有兩艘船？」
法磬禪師說：「一艘為名，一艘為利！」

又是另一種乾淨俐落二分法。只是為名者，往往因盛名而賈得大利，獲大利的人，也往往因利而享有大名。為名、為利，未必就判然二分，芸芸眾生擔心的是，汲汲為名為利，卻也唧唧復唧唧，世世代代從沒停過的機杼聲，世世代代從沒停過的嘆息。

所以才說：名是韁，利是索。求名計利的人眼裡只盯著名利看，沒能看見韁索，因而被韁索勒住、網住、鎖住。能掙脫名韁利索的人，淡薄了名利，才會看到韁索——無意間，卻又留下了名。

初到香港，對於人的分類，我直覺選擇二分法：會說普通話、不會說普通話；說不定香港人也採取這種簡易法，只是換成：會說廣東話、不會說廣東話；西洋觀光客當然是：會說英語、不會說英語。可見分類是主觀的，絕對沙文主義；語言，對另一種語言來說，相互之間總是存在著某種傲慢，或者偏見。

每次我攔下計程車（對不起，香港叫「的士」），用標準的國語說：「般咸道三十八號」，通常他會回我另一條路的名字（想當然爾，應該是路名），我用更標準的腔調、更慢的速度：「般——咸——道——三十八號」，結果他會換另一條道的名字回我（我想應該是），我只好改用不標準的英語（標準的我也說不上來）說「**Bonham Road**」，大約過了兩秒半，我想到臺灣話的「賢」「弦」「閒」不也發類似**ham**的音，多少國語裡的「ㄐ、ㄑ、ㄒ」，南方語言就發「ㄍ、ㄎ、ㄏ」；就在同一秒鐘，司機先生應該也搜尋到廣東話的「**Bonham**」，終於點了頭，開車了。車上兩個同文同種「華人後裔」從此一路無話。

也不是真的無話，兩個語言不通的人在心底應該有相同的聲音：「為什麼不學兩句廣東話（普通話）才來香港（開車）？」

其實兩個都使用普通話的臺灣人和香港人，也不一定溝通良好，我到學校演講，負責安裝電腦、單槍設備的同學問我：「請問老師，你帶手指了嗎？」我晃了晃十根手指頭，疑惑地看他：「手指？」「戒指？」他趕緊搖著右手的五根手指頭：「不是不是，是那個放置**ppt**的東西。」「喔，隨身碟啊，我隨身帶著。」說完我隨手拿給他，自己也偷笑了一下，「手指」不也隨身帶著？

香港一般小吃店不論你叫什麼飯，送上來的一定跟肉有關，悶了兩三餐，我想要「燙青菜」，有的直接說他們沒賣青菜，有的指著「菜單」上的「油菜」說「這個？」

「就這個，不要油。」他們一臉疑惑走回櫃臺，最後端出一盤「菜心」。臺灣人強調燙青菜的水，香港人喜歡淋上去的蠔油。

人，所以成為兩類人，就因為這種生活上的小異，珍視這種小異，我們因而八方來去，發現八千種情趣。至於政客，他們也重視這種小異，他們喜歡擴大小異成為大隙，見「裂」心喜，永遠製造兩極對立。我們與政客，終究是兩類人。

樓底之蛙

很多人是味覺動物，「香港」——說出你的直接印象，大部分的人不假思索以「美食」二字回應，「香港」—「美食」的連結，證明「食、色，性也」，食在色之先是對的。試看：多少人還沒到香港，尚未大啖美食，就興奮地大談美食了。

為了要來香港兩個月，我買了三、四冊香港旅遊書，其中一本神祕兮兮地以薄塑膠皮密封著，好像限制級的刊物，回到家拆閱，整本書只介紹香港餐飲，鉅細靡遺，尖沙咀、銅鑼灣、中環、旺角，還擴及到澳門，每一條街道、每一家餐廳，都搜羅、刊布。依我看，即使是港澳人士傾其一生也吃不遍它所臚列的餐廳，何況是只逗留兩三天的觀光客，即使我要在這裡生活六十天，也不可能依照這本「工商名錄」找到美食，全都錄等於全不錄，地毯掃描不如重點提示。不過，我還是依照它的介紹，努力找出一家號稱可以看到維多利亞港、景觀最好的「茶餐廳」，我真的換了兩次地鐵找到它，坐到靠窗的位置，往窗外一看，果真有海，被巨大的橋墩所擋住的海就在街的另一邊，怎麼看都只能看到一條帶狀的海、不動的海，說不定還有人揉揉眼睛，懷疑那是不是塗上去的一片藍，視覺動物的我只好收回視線，放棄視野，努力使自己成為味覺動物，專心吃眼前的燒臘。

至於燒臘，那味道如何？非美食家如我者，唯一能藉以評斷的是燒腩（臺灣都稱之為烤乳豬）那一層厚厚的皮，是否熱熱的、香香的、酥酥的、脆脆的、亮亮的，要同時交給嘴唇、嗅覺神經、舌尖、門牙、眼睛，甚至於聽覺去聯合判定，能同時兼具這五個字的要求的，還不算多，通常依序失去熱、失去香、又失去酥，只剩下脆和亮的，勉強可以稱之為燒腩，但已經算不得是美食了。這一天我點的是雙拼，沒有燒腩作依據，無法告訴你它類近於臺灣哪一家香港燒臘店。

有人說要吃就吃「地道」的「香港燒臘」，要比就比「地道」的香港在地燒臘，總認為臺灣的香港燒臘店不夠「道地」，我也贊同這種在地的迷戀意願，逗留香港六十天，盡量只吃港式料理，徹底享受香港的美好，至少這裡是很多人嚮往的美食天堂，我不能虛此一行。不過，就像那一本神祕兮兮裹著塑膠皮的攻略祕笈，任何人都要親自撕去那一層薄膜，跳開「限制級」的神祕感和局限性，才能看見真實的香港。

「香港」——說出你的直接印象，說不定很多女性會說「名牌」。所謂「名牌」，經濟學者的看法是要具有高品質、高特色、高知名度、高信譽度、高占有率、高創利價值、高超越能力（超越地理和文化疆界）等等才是，不過，女性是嗅覺敏銳的動物，她們另有一種判定系統，社會上以女性的標準為標準。

臺灣設在香港的「光華中心」主任，是傑出的中生代詩人羅智成，在香港聚會時，他跟我說：在香港，名牌店不像名牌店，轉個彎就有一家；銀樓不像銀樓，大門永遠敞開隨你選；觀光客不像觀光客，一年有三千萬人進出，香港人不會特別招呼你。短短三句話，就把香港觀光城市的特色，說得透澈極了。只是像我這樣一個不知名牌為何物、不時興穿金戴銀、飲食近乎吃素的觀光客，在香港的日子或許會像樓底之蛙吧！

井底之蛙，所見有限，樓底之蛙呢？又能看見什麼樣的香港？

一下飛機，坐上機場快線，眼睛所見盡是高樓，東涌、青衣、九龍、港島，換了地鐵，改乘的士，經過中環，來到西半山，積木型的高樓，直統統的高樓，隱地詩中說的「俄羅斯套娃娃」似的高樓，都矗立在眼前。形勢凌人，高樓香港。我，即刻回復為視覺動物，觸目盡是樓窗、樓壁，一如井底那隻蛙，望著井壁興嘆。

上海、倫敦、巴黎、東京的高樓，只集中在某一區塊，鄰近地區會有緩和的趨勢，香港卻是任何地區的高樓永遠二十、三十、四十層挺立著，任何一棟都抱持著競爭者的架勢；其他的城市高樓會維持某種建蔽率，香港大樓則是一棟緊挨著一棟，「櫛比鱗次」是一個最恰當的形容詞，而且是三D型態。我可以在大樓之間穿梭，但靜止時永遠是在林立的高樓之間，井底之蛙不管如何抬頭，永遠看見一片圓圓的天，樓底之蛙只要一抬頭，就有暈眩的感覺。所以，直視前方吧！有空隙的地方就是你要側身而過的目標。

騎牆老樹

俗話說：樹老多根，人老多皺紋。好像頗符合實情，只是這句話到底是：「樹老多根，就好像人老多皺紋？」還是「人老多皺紋，就好像樹老多根？」誰是主體，誰是喻體？這份辨識倒也是一件有趣的事。或者，什麼都不必說，就像大自然一樣，同時呈現兩幅圖畫，讓人讚，也讓人嘆。

大部分樹木的根都潛藏在土地裡，無法知道它們蔓延的情況，生物老師說，所謂天羅地網，看看樹根的伸延就知道什麼叫作嚴密；所謂生存的需求，看看樹根的虯結就知道什麼叫作艱難。我們雖然無法潛入泥土裡了解究竟，好在，很多樹木有「好為人師」的習性，他們現身說法，就在地面上裸裎自己，不用你追根究柢。榕樹就是最佳的代表。

榕樹，號稱是世界上樹冠最大的樹，行道、學校、庭園、原野，隨處可見，靠著懸垂的氣生根、隆起的板根，很容易可以辨識他們的身分。尤其是氣生根慢慢垂放，抵達地面，吸收水分，又可以形成支柱根，長成新的一棵樹，推翻「獨木不成林」的謠言。臺南市安南區的「十二佃」神榕就是最好的證例，「十二佃」的榕樹，樹內有樹，樹外有樹，盤根錯節，虯曲有形，分不清誰是母樹、誰是分枝，有的像《水滸傳》人物，有的像《西遊記》，更多飛禽走獸，配合著風聲、鳥鳴，虛虛實實，分不清真假人生。我三十未立的時候去參訪，樹蓋所含括的面積已有三千坪（每坪為三點三平方公尺），如今不知道又衍生了多少枝幹，拓展了多少疆域。真是神奇啊！一兩百年前也不過是象徵鎮壓水患的一棵榕樹苗，如今卻是一座小森林，聳立在公學路四段的曾文溪畔，護衛著一大片水土與蒼生。

榕樹是福建省的省樹，其中福州榕樹特多，自稱為「榕城」，從宋朝張伯玉（一〇〇三—一〇六八）開始就形成「綠蔭滿城」的景觀。福州，我不曾去過，無法見證「暑不張蓋」的盛況。這兩個月在香港半山區，就在車來車往的街道旁，香港大學附近，我卻見識到細葉榕的生存哲學，或者說是地狹人稠的香港人與樹生存的哲學，他們張著樹蓋，給人蔭涼，匆忙的行人慌急而過，一波波浪潮拍打著街道，沒有感謝的餘光在他們身上逗留。

香港，只有兩種人，會說香港話的在地人和不會說廣東話的觀光客，在地人習以為常，不會去注意路旁榕樹的喜怒哀樂，觀光客則被五光十色所吸引，不會注意到久久才遇到的一棵香港路旁的老榕樹，他的根鬚，他的處境。有趣的是，我在香港的二〇一一年春夏之交，正是民意代表選舉的起跑初期，就曾看到一塊紅布條披掛在老榕樹身旁的鐵欄杆：「香港需要一部樹木法」。

後來的香港有沒有一部「樹木法」，我未再打探，但是我知道樹木自有自己的法，深根，引體，開枝，散葉，她們默默遵循。

香港大學般咸道這棵虬榕，是因為人類開路，挖到她的身體了，她奮力引體向上，讓出路來，人類順著地形砌成的圍牆，在多年之後又讓她的氣根給突圍了，虬結，扭曲，彷彿人類興衰過程中的一節「斷代史」，現在看來，彷彿騎在磚牆上的這棵老榕樹，她緊緊抓住的是般咸道的歷史、香港人的歷史。

一座學校，如果沒有一棵榕樹，不能算是學校。一座老學校，如果沒有一棵老榕樹，也算不得是老學校。好在，總會遇到這麼一棵樹根虬結的老榕樹，在高樓林立的香港城裡，我才覺得這是一座有著文化底蘊的老都會。

聖士提反與鰂魚涌

我曾在臺灣中等學校教過三十二年的書，稱我蕭老師的要比蕭教授多。如果一年以一百位學生計算，應該也有三千名弟子，可以跟孔子看齊了，有時在鹿港看民俗展、在溪頭仰望神木、美濃賞花海，都會有人驚呼，啊，蕭老師！朋友戲稱：你真是桃李滿天下。我笑說：買桃子、李子，還得自己付錢哪！

香港的中學生也穿制服，長袖長裙氣質典雅的特別多，走在路上，還保有中學老師習慣的我，往往會特別觀察中學生的言行舉止。就在我住的Y. W. C. A.附近，走出旅舍左轉，往香港大學散步，停在一個紅綠燈路口，附近就是中環列提頓道2號的「聖士提反女子中學」，我常跟她們一起等紅燈，隨她們過馬路，尤其是臺灣靠右行、香港靠左行，我的頭習慣先看左方再看右方，確定左方無車前來的同時腳已跨出一步，往往會被守規矩的香港車子嚇得跳回狹窄的人行道。急性子的我，被嚇過幾回後才學會等其他人先行再跟進。這個路口，我就是看這波淡藍色的浪潮湧動了，才隨波逐流而過。

其實，還是錯了！她們要去的是般咸道北側海港方向的生活圈，我則是往左邊的龍虎山邁進，這些微的差異，要依不同的燈號行動，因此，我必須多注意她們移動的趨勢、我自己的生理時鐘，才能決定，隨淡藍色浪潮往碼頭覓食，還是黃昏時獨自上山、看海。

注意到她們的制服，優雅有氣質，不同於臺灣少女的朝氣、活力，卻迷惑她們校名的涵義：「聖士提反女子中學」，在臺灣閱讀漢字的斷讀習慣，我會念成「聖士、提反」女子中學，「聖士」或可揣測，「提反」則不知何所指。直到看到她們的校名：**St. Stephen's Girls' College**，才啞然失笑。**Stephen**，在臺灣或許會翻譯為「史蒂芬」或「斯蒂芬」，如何也想不到是「士提反」。同時，我也注意到她們校徽上的中文（如圖，下頁），依英文閱讀習慣，順時鐘方向是：本信而進前，或者：信而進前本、前本信而進？幾次來回思索，其實也不容易拿捏、判定。要不是在一次等紅燈的那二十秒，我仔細看了校徽下的細小英文字母「**In faith go forward**」，如何敢確定是「本信而進前」，進而確認基督信仰所產生的力量？

在香港，憑著幾天的逗留，要認識中文的涵義，真的不容易啊！如果沒有「**In faith go forward**」，即使看見「本信而進前」，恐怕也不一定知道字面的意義、人生的方向。

就以我常搭的港島線地鐵來說，那些站名是最貼近日常生活的文字，從它們開始認

聖士提反女子中學的校徽

識香港文化吧！我這樣告訴自己。第一次搭地鐵我就好奇「鰂魚涌」這個站名，我自己在想，「涌」這個字，臺灣沒見過，想來應該是粵語發音的字，我查了一下「涌」字的意義，通「湧」字，想起臺灣「三峽」古名「三角湧」，是三條水流會聚、湧起浪花的地方，那「鰂魚涌」應該是鰂魚湧聚的所在吧！第二次再搭地鐵，一看站名，「鰂魚涌」的英文是Quarry Bay，「Bay」這個英文字，我認識，海灣，「鰂魚涌」就是「鰂魚灣」的意思，那當時，我以為「Quarry」就是「鰂魚」，結果又錯了，「Quarry」是採石場，從此，我陷入極大的混亂中，只能自己歸納：中文的「鰂魚涌」是「鰂魚灣」，英文的「Quarry Bay」是「採石場」。自己下結論：在香港，中文是中文，英文是英文，不一定相通譯。

後來我又注意其他站名，鰂魚涌是Quarry Bay，銅鑼灣是Causeway Bay，同樣是「Bay」，相對的中文一個是涌，一個是灣。再比較一下，銅鑼灣是Causeway Bay，筲箕灣是Shau Kei Wan，同樣是「灣」，相對的英文一個是意譯的Bay，一個是音譯的Wan。

我是個好奇的人，「筲箕灣」直譯為Shau Kei Wan，「銅鑼灣」為什麼不直譯為Tong Luo Wan？「Causeway」是英文的「銅鑼」嗎？經過查對，Causeway的意義是：**a raised road or track across low or wet ground.**（一個凸起的道路或軌道，跨越低或潮濕的地面），與「銅鑼」幾曾相涉！是不是印證我所說的：在香港，中文是中文，英文是英文，不一定相通譯？

這種雙軌進行的文化是殖民地文化的特色吧！要認識香港，不能不雙軌行進哪！所以，要認識「鰂魚涌」，先要認識多山的香港，多山的香港當然也就多溪流，早期溪流中生態豐富，像臺灣一樣有很多小魚在水中游泳，最多的還是鯽魚，鰂魚就是過江之鯽，因此，「鰂魚涌」的「涌」，還真的跟「三角湧」的「湧」同義，有著鯽魚逆著水流湧著擠著的地方。到了十九世紀，溪流邊設有花崗岩礦場，因為濱海，海運發達，從這裡輸出岩礦，因而有了Quarry Bay（採石灣、石礦灣）這樣的地名。二十世紀填海造陸，溪流、鰂魚、岩礦、海灣，從地理中消失，也從歷史中消失，從香港人的記憶中消失，當然不可能又從臺灣人的記憶中重現。

「鰂魚涌」，我們認識了，但是，St. Stephen's又是誰呢？

療癒與書寫

療癒與書寫，多麼勇敢的一個題目！多麼勇敢的一個專題研究！

到大學教書以後，為了撰寫論文，講求理論、證例、數據、出處、腳注，搞得緊張兮兮的。「療癒與書寫」，這樣的題目其實比較適合大學教授去思考、蒐證。我在香港大學任教的朋友教我，他們抓到這樣的題目，首先要給「療癒」和「書寫」下定義。我真的也學他們去尋找「療癒」和「書寫」的定義，結果發現，「療癒」是同義複詞，「書寫」也是同義複詞，也就是說：療就是癒，書就是寫。有趣吧！

有趣的還在後頭。辭書上說，療，治也，止病也。當我是一個大學教授的身分時，我還要去查「治」是什麼意思，「病」是什麼意思，牙痛是不是病？俗說說了：「牙痛不是病，痛起來要人命。」那它到底是不是病？你看，這一查，何時得了？沒病也會查到有病，有病那就可能查到無可治療了。再看「癒」，辭書上說，「癒」同「愈」，那「愈」又是什麼呢？你還要去查「心」這個部首的「愈」，辭書又說了，愈，病好，使病好。「病好」和「使病好」又有什麼不同？辭書還引用柳宗元〈愈膏肓疾賦〉：「非藥曷以愈疾？非兵胡以定亂？」請問，這時你還要繼續查下去嗎？

教授說：「要！要查！」

要查「疾」和「病」的關係，「曷」和「何」的異同，「胡」和「何」的高下，更要理解「非藥曷以愈疾」和「非兵胡以定亂」誰主誰從，為什麼要將這兩句放在一起？兩句之間，為什麼「非」、「以」可以重複，「曷」、「胡」卻要換字？

請問，這時你還記得原先要查的是什麼嗎？

不錯，你還記得要查的是「療癒」二字，可見你中毒未深。我受到香港朋友的影響，還去查「療癒」和「書寫」的英文。「療癒」的英文是Healing：the process of becoming or making somebody/something healthy again; the process of getting better after an emotional shock .（康復；治療；〔情感創傷的〕癒合）。

「書寫」的英文是Writing，注解有六：

1. the activity of writing, in contrast to reading, speaking, etc. 寫；書寫；寫作。
2. the activity of writing books, articles, etc., especially as a job.（專職）寫作；著書立說。
3. books, articles, etc. in general. 著作；文字作品；文章。

4. a group of pieces of writing, especially by a particular person or on a particular subject.（某作家或專題的）著作，作品。

5. words that have been written or painted on something.（書寫或印刷的）文字。

6. the particular way in which somebody forms letters when they write. 筆跡；字跡；書法。

這樣，有沒有「掉書袋」的感覺，引經據典，賣弄學識？

不過，這仍然是錯誤示範，因為摘錄的是網路資訊，還不是從正式的專書上引用，未曾註明出處、出版年代、頁碼，不合學術規格。不過，又有什麼關係呢？我們心中很清楚，我們要寫的是自己，真正自己的心靈，真正屬於我、屬於靈的那個我，不鸚鵡學舌，不堆疊他人論述，不淹沒在別人的唾餘沫流中。

所以我說：療癒與書寫，多麼勇敢的一個題目！是指真正寫作時，要像我下這個題目一樣勇敢。就是要書寫，就是能療癒，就是能在書寫的過程裡改造自己、修正自己，而修正改造，都有積極正面的效果和意義。

丟棄教授、經理的身分，不論出身低才是真英雄、真氣魄，丟棄知識的袋子、歷史的包袱，能在靈魂中任意穿梭才是真性情、真性靈。書寫時，我，就是國王。書寫的王國裡，我，就是主宰；我，就能掌控一切。你看，耶穌說：我就是道路、真理、生命。

若不藉著我，沒有人能到父那裡去。再看，佛陀出生時，一手指天一手指地，說：天上地下，唯我獨尊。創作，就要有這種開天闢地的勇氣，就要有書寫過程就是療癒過程這種自信。

有一位小朋友跟我說，裝了牛奶的杯子，我們指著它說：這是牛奶。裝了沙土的杯子，人們會說：這是沙土。當杯子空了，我們才會說：這是杯子。

不論依著什麼學術規格寫論文，滿紙都是劉彥和說，那是劉彥和的論文；處處引用羅蘭．巴特，那也是羅蘭．巴特的引申／隱身。空了，空了的載體，才是你自己。正視那空了的，曾經載過、如今不載的載體。

做自己，寫自己。做人、作文，我們都從「我」出發吧！唯我獨尊才能頂天立地，才能走出自己的道路，寫出自己的真理，才有自己的生命！

太極圖的童心

觀察大自然時，有沒有覺得很好玩？有天就有地，有山就有水，有日就有月，呈現出對比性的存在。古代人造字，將這些具體可見的形象，從圖像轉換為線條的刻畫，這就是漢字獨有的「象形字」。

如果是抽象的意念，也常呈對比性的存在，如上與下、本與末，很早以前的「倉頡們」就以「指事字」呈現這種關係，譬如先畫一條長線代表主要的基礎物，在這條長線之上畫一橫或一豎，這就是最早的「上」；相對的，在長線之下畫一短短的線條，不論橫或直，不論簡單或多變化，那就代表「下」，這是古人的智慧（見下頁）。

本與末，一樣好玩，先畫一棵象形的「木」，在一豎的下方處畫一橫，那是象徵木的根本所在的「本」字；在一豎的上方處畫一長橫，那是樹梢所在的「末」字。學生曾問我：為什麼「本」字的那一橫那麼短，「末」字的那一橫卻拉得五倍長？我想，或許是因為樹根埋藏在地下，我們所能看見的極為有限，樹末的茂密葉子卻是目睹即是，

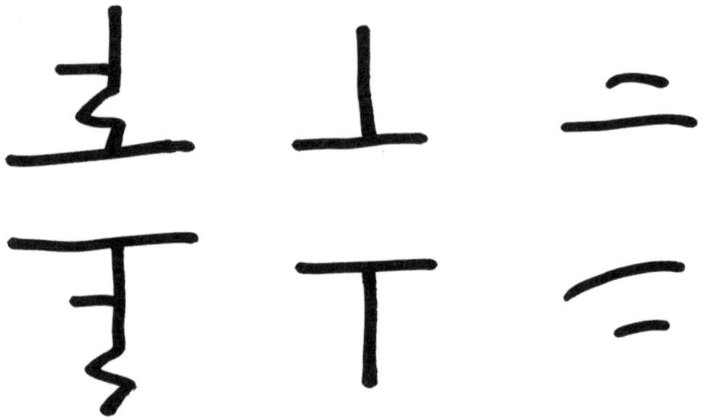

「上」與「下」的指事文字

一大片一大片可見的綠，蓋頂而下吧！所以漢朝的《說文解字》說：「木下曰本，木上曰末。」現代的《國語辭典》則有所延伸：本，根也，有最初的、根源、本源之意；末，頂梢也，有最後的、物體尾端、不重要、非根本的意思。捨本逐末，本末倒置，都是將本與末放在相對的位置來思考。「本」不會因為那一橫小於「末」而變得不重要，「末」也不會因為那一橫大於「本」而成為生命的根源。

每次我跟小朋友解釋「上下本末」這四個字的橫畫時，小朋友從來不會將它們當作單純的一筆短畫，總是七嘴八舌說：那是大地、那是椅子、那是蘋果，或者說：真的是樹根耶、真的是樹葉耶，他們會將這些線條自動還原為天地間的萬象，而且充滿興奮之情，孳乳，滋生，發展出更多的可能。

這種相對性的存在，除了大自然的天地山川之外，人體的結構，其實也完全符合這種柔和的對比，例如左眼、右眼，左耳、右耳，左手、右手，就是相對而又合作的關係，而且在偶數的器官中，其實又有奇數的器官作為相對性的存在，譬如兩眼之間就有一根鼻梁，兩頰之間會有一張嘴，而鼻梁裡躲藏著一組鼻孔，一張嘴其實是兩片唇的組合，兩片唇的軟會有兩排牙齒的硬相對，兩排牙齒的硬岩中間則是一頭靈活的舌。人體的這種相對性，比起大自然彷彿又多了一些變化與美感。

相對的美的存在，古代中國人所繪製的太極圖（見下頁），簡易而快速地說明了這種宇宙間深奧的哲理：

陰極、陽極，是黑與白截然的對比，但在這對比中又呈現出陰極中有白點，白色的圖形裡有黑點，彷彿在說：凡事都有原則可以依循，但有原則必有例外。截然相對之時，卻未必要斷然立判。仔細看這太極圖，圖中沒有判然二分的直線，太極圖黑白二分處是柔美的曲線，黑白統合的外圍則是柔美的曲線所合成的圓。是圓，就會滾動。尤其是一頭大、一頭尖，有如蝌蚪、又像黑鯨魚與白海豚在嬉戲的兩隻動物。

有沒有發現，我說的是蝌蚪與鯨豚，我請來了極小的蝌蚪與極大的鯨豚，對比型的動物模特兒演出，仔細看右側的黑鯨魚吧（或者說是一尾黑色小蝌蚪）！是不是有一種

太極圖

向上騰躍的律動感？再看左側白海豚（或者說：難得一見的白蝌蚪喔），那種潛水的喜悅就從頭部的圓形造型顯露出來。如果純粹只以圖形看這太極圖，它只是陰陽相對、黑白相配的圖，如果以蝌蚪、鯨豚來想像，這圖形就讓人有嬉戲、歡悅的生之喜樂感。

聖修伯里在《小王子》裡說，他六歲時畫了一幅這樣的「第一號作品」：

然後問大人，有沒有被這幅畫嚇著了？大人都說，誰會被一頂帽子嚇著呢？

其實這不是一頂帽子，六歲小孩畫的是大蟒蛇正在消化大象的圖畫，所以，他只好畫了「第二號作品」加以說明：

聖修伯里在《小王子》裡說，把「第一號作品」看作是帽子的人，我絕不和他談論大蟒蛇、原始森林或星星的事，我寧願把自

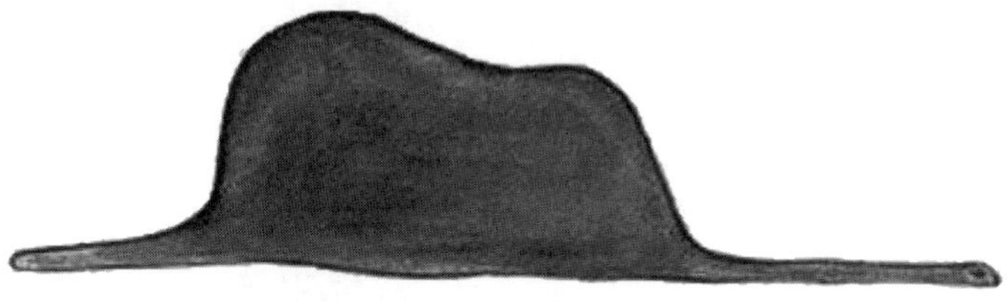

第一號作品

第二號作品

己降到他的水準，跟他聊聊橋牌、高爾夫球、政治和領帶。

你是不是也看到太極圖裡的蝌蚪或鯨豚？如果你沒看到，下次我可能要談一點名牌、籃球、股票和錄影帶了。

坐在九樓臨窗的位置，我在想，如果有人按錯門鈴，一位陌生的香港人出現在門口，即使都用普通話吧，我們可以談些什麼？太極圖裡的陰陽、風水？恐怕也難以進入蝌蚪的腿、鯨豚的肺，難以進入我也陌生的六合彩明牌、香港人也生疏的輕裘緩帶。

那最初的天地太極，那最初的你我童心，都去了哪裡？

歌賦街還有動地來的歌賦嗎？

從般咸道的女青年會出門，往東可以到中環，熱鬧的香港；往西到香港大學，踅向南方是龍虎山、薄扶林，幽靜的一片山林。往北，一路順著斜坡下去，穿過皇后大道西、德輔道西、干諾道西，一路斜坡下去，可以抵達中環碼頭、中山紀念公園，面對的是海、是港、是灣。顯然，我是住在半山上。這一年，二〇一一年，我在香港兩個月，沒有任何訊息會讓我聯想到這也是民國一百年，但我卻處處遇到孫中山先生（一八六六—一九二五）。

通常我動念要去中環亂闖，有時搭巴士，大部分是步行，從般咸道接上堅道，然後抵達半山扶手電梯，那就接上城市的訊息了！

就在這樣的步行行程裡，遇到紅綠燈，我又會不耐久等而突發奇想，轉往另一條道路，往往因此而迷路在有中文路標卻不知中文意義的生地裡，只好乖乖依循原路，回到原來迷失的所在。有一次，在堅道豐樂閣附近，我走了十幾級石階，卻已經走上另一條小道，慌亂間，我見對面是「孫中山紀念館」，罷了，不去搭乘扶手電梯，進去館內吧！正好可以歇歇腿，看看這麼一座迷你的館子如何紀念孫中山。

紀念館位在中環半山衛城道七號，與堅道呈三十度角相交。香港的道路往往如是，這麼一個三十度角相交的兩條路，會把你帶向完全不同的區塊、領域，不同的境界。

紀念館樓高四層，進入紀念館才知道，這是二〇〇六年才開放的、紀念孫先生一百四十歲的一幢古建築。再早個十年，一九九六年，香港中西區區議會曾設立「孫中山史蹟徑」，環繞著紀念館所在的這一區塊，西側從我暫駐的香港大學開始，經過「東邊街」，沿般咸道往東到德己立街，全長三點三公里，路程曲折、盤旋，高低起伏不斷，落差極大，這是孫先生讀書、成長、受洗的地方，幾次與革命黨人倡言推翻滿清的所在，也正是這兩個月我從港大到中環隨時出沒的區塊，這完全重疊的空間，相差八十年的歲數，十幾歲的滿清少年與六十幾歲的民國國民，會有什麼相同或不相同的感觸，一樣流下熱淚，還是冒出不一樣的冷汗？

紀念館與史蹟徑合著參觀、走踏，對於少年孫中山、對於孫中山與香港，會有更深的認識，譬如，邀請我到香港駐守兩個月的香港大學，前身是香港西醫書院，是孫中山從廣東到香港時學醫的學校，這是我從未知曉的訊息。紀念館館內有兩個常設展廳，展出珍貴的歷史文物，一者證明少年孫中山的中學與大學養成教育、革命思想的啟蒙，是在香港孕育；二者肯定孫中山與他的革命黨人，曾經在香港活躍，十九世紀末、二十世紀初，華人世界的思想維新與民族革命，香港扮演了先覺者、先行者的角色，我們（包括香港人）不一定清楚，否則香港的電影英雄就不僅是葉問、李小龍而已。

我在紀念館內一面參觀，一面感嘆著，現在所有華人地區，提起中華民國想到的就是臺灣，都忘了孫先生所創建的民國卻是涵蓋著更大更大的疆場啊！

走出館外，我特意繞到歌賦街，短短的一條街，這裡有美國公理會布道所舊址，孫中山受洗的地方；這裡有中央書院舊址，中央書院創立於一八六二至一八八六年，是香港第一所現代西式教育的公立中學，皇仁書院前身，一八八四年孫中山十八歲到二十歲的年紀在這個學校度過。但真正吸引我走訪史蹟徑歌賦街的，其實是「四大寇」聚會所楊耀記舊址。讀高中時，老師曾談起國父和他的朋友陳少白、尤列、楊鶴齡四人，喜歡高談理想，縱論時勢，尤其好議論太平天國遺事，處處倡言反清，滿清政府對他們十分頭痛，稱之為「四大寇」。聽故事的那時我們一樣年少氣盛，總覺得「四大寇」這個名號，多麼風神、響亮，令人嚮往，想也沒想那可能是要丟人頭的！國父，四大寇，就這樣記下來了，是尤列還是尢列，沒能辨別清楚，陳少白、楊鶴齡也沒記牢他們的名字，更別提這是香港中環歌賦街二十四號的故事。直到來到「孫中山紀念館」，觀覽照片，喚起少年血色的記憶，去，去看看「四大寇」出入的店號還會有什麼樣的旋風迴盪！

我真來到歌賦街，標準的香港半山街道，斜崎而有弧度，凡常的建築，既沒有歌吟動地而來而哀，也沒有旋風式的人物叱吒著風、叱吒著雲。

沒幾步路遠，「九記牛腩」的紅色招牌隨風招手，轉個彎，「勝香園」準備用餐的客人也排隊排到後門來了。不必細看，香港的在地人、廣東來的內地客、海外歸回的外地僑，他們都將在歌賦街這樣的美食餐廳裡併桌用餐了。

宿世之緣

我在香港的兩個月，港大沒有約束我不能離開香港，所以我申辦了多次進出香港與中國的簽證。其中一次飛往南京，參加中華中學生作文大賽評審；一次從上水搭地鐵到羅湖過關，然後搭廣深線火車抵達東莞，繼續挺進廣東。這兩次進入中國，事後想來，好像都有著幾世的緣分在。

中華中學生作文大賽是面向廣大中學生，規模最大、規格最高、參與人數最多、影響最廣、涵蓋兩岸三地的青少年文學性盛會、公益性賽事，第六屆以「綠色夢想・文明生活」為主題，從二〇一〇年六月正式啟動，總共有二千五百萬選手參加初賽，最後確認一百六十七名獲得二〇一一年四月中旬赴南京大學參加總決賽的資格，參加決賽時還要經過現場聽讀寫比賽、文化常識測試、口考，以及最後一關的三分鐘即興演講的多次篩選。我是最後一關的演講決審，四月十六日獨自從香港搭機到南京，包括臺灣在內的各地選手早三天抵達，前兩天他們已陸續進行各項競事，演講評比則安排在十七日上午，所以十六日下午無事，朋友帶我去遊覽玄武湖，對於南京玄武湖僅僅略知其名，從未親臨。玄武是古代的四大神獸之一，相對於青龍、白虎、朱雀，代表北方之神，以前曾經想過，既有玄武湖，是否也有以青龍、白虎、朱雀命名的湖，在東、在西、在南？這時，黃色的中土會是哪裡？銜著這樣的疑惑，我們來到玄武門。

一到入口，朋友估量時間不多，只能走湖周四分之一的路程，問我要從左手邊繞湖還是右手，我選擇了右手邊，逆時鐘而行，迎面湖水開闊，很難想像歷史上曾經有廢湖還田的滄桑變化，湖邊闢成帶狀公園，垂柳綠蔭處處，春花悠閒亮著她們自己得意的顏色，雖未來過，我卻有似曾相識的親切感。走到一幢黑色的屋子，前廊大方，我一看，竟是梁太子蕭統編纂《文選》的地方，心中忽然一陣感慨油然而生，我隨手揮了一個弧，跟朋友說：「這裡，曾經是我們蕭家的產業！」朋友苦笑著說：「卻是我帶你回來的。」言下似乎也帶著幾絲唏噓。

那一晚，心中一直想著，小時候信仰的玄天上帝，就是腳踏龜、蛇的玄武神，小時候最常尋找、仰望的北斗七星，也是這龜、蛇的象徵嗎？玄武，玄冥，北方，冬天，水，他們都在呼應我生命中的哪一部分？那晚，心中一直惦念著，明天起個大早，再去一趟玄武湖。

十七日早上，我真起了個大早，卻發現時間與行程不能讓我重回玄武湖，緊湊的賽事，分秒必爭的即席演說，每個學生都用足了三分鐘，去闡述綠色的精神追求、浪漫的夢想情懷、思辨著文明與生活的現實慾念如何與之周旋。下午，賽程走完，卻安排了晉謁中山陵、參觀「總統府」，在香港，我剛剛巧遇孫中山、四大寇，想像著歌賦街百年前放歌、誦賦的豪邁，如何能放棄探視一九一二年元旦孫中山就任中華民國臨時大總統的治權機關？如何能放棄一生說不定只有這一次的謁陵經歷？

玄武湖，蕭家曾經的產業，如今會是誰心中繫念的風景？我就這樣不曾再見她一眼。

再一次進入中國卻是三個禮拜以後的事。北一女的同事臧正一曾在東莞商學校任職，熟悉如何搭地鐵、火車，從香港經羅湖進入東莞。他到香港帶領我們，熟門熟路，輕輕鬆鬆進入東莞。一進入東莞，他早已雇好一輛七人座的小巴，我們兩對夫妻就這樣直奔清遠市英德樹上溫泉，神奇的不是樹上溫泉，臺灣溫泉處處都在湧現，北投、烏來、金山、礁溪、四重溪，我們都熟悉，現在連臺中成功嶺、社頭清水岩都發現了、開發了新的溫泉。何況溫泉其實不在樹上，是在樹上建造讓人棲息的小木屋，可以從樹上一面洗溫泉、一面瀏覽樹間的景觀。神奇的是第二天，臧正一說要帶我們去韶關，韶關會有什麼見聞，在當時我想的只是樹上溫泉之類的特殊觀光景點，親如兄弟的臧老師會帶給我們許多生活中的驚喜。

過了韶關，開車的師傅一直在問路，轉過去又轉回來，好像錯過了許多該拐該彎的小環節，我只依稀記得談話中有「曹溪」兩個字，會是禪宗六祖惠能棲居四十年的曹溪嗎？臧老師要帶我們去曹溪？大一時我修過南懷瑾老師的「禪宗概要」，讀過《六祖壇經》、《景德傳燈錄》，後來讀了許多禪宗公案、禪學與詩學會通的作品，熟悉不識字的惠能為識字的無盡藏尼姑說解《涅槃經》的故事，背誦得神秀與惠能的詩偈「時時勤拂拭，莫使惹塵埃」、「本來無一物，何處惹塵埃」，喜歡「風動」、「幡動」、「仁者心動」的辯證。是這個曹溪嗎？碩士論文寫《尹灣漢簡神烏賦研究》、平日考究中國美食的臧正一是要帶我們去曹溪？

是真到曹溪，這時距離北邊的韶關市大約二十二公里，寺名南華寺，是六祖惠能（六三八—七一三）宏揚「南宗禪法」的發源地。根據記載，南華寺始建於南北朝梁武帝天監元年（西元五〇二年），兩年後寺廟建成，梁武帝賜名「寶林寺」，記得昭明太子蕭統嗎？梁武帝蕭衍就是他的父皇。「寶林寺」先後更名為「中興寺」、「法泉寺」，到宋太宗開寶元年（西元九六八年），敕賜「南華禪寺」，一直沿用至今。但在我心中，只認得六祖惠能以《金剛經》與五祖結的緣，記得他說的：人有南北之分，佛性豈有南北之分？記得他每次聽到「應無所住而生其心」時的感悟，記得他以一個不識字的樵夫卻成為中國禪宗初祖的殊遇。我憑著這些片段記憶，隨眾走過曹溪門、放生池、寶林門、天王殿、大雄寶殿、藏經閣、靈照塔、六祖殿，心中微微有風振動，而且還毫無預期地拜謁了六祖真身，就在「六祖殿」中，有沒有想過：西元七一三年圓寂的和尚，肉身不壞，經過一千三百年，我們還能在二十一世紀見到他，這是什麼樣的因緣？六祖真身旁還供奉丹田（一五三三—一六一五）、憨山（一五四六—一六二三）兩位對南華寺有貢獻的大師真身，同一時間可以禮敬三尊真身菩薩，想來也是一生中特殊的福分。

憨山德清大師，是明末四大高僧之一，精通釋、道、儒三家學說，教人念自性佛，明萬曆二十八年間，憨山德清大師重振南華寺，僧風日盛，被認為是曹溪中興祖師。從前我喜歡他的「憨山」之稱，後來讀到他的詩偈：「死生晝夜，水流花謝，今日乃知，鼻孔向下。」曾經一愣，隨之一笑，而後心中大為震盪，水流花謝的自然意象語，是詩，可以令人悟道，沒想到人體不可更易的鼻孔向下，竟然也能幫助人體悟，佛心、佛性，有時如此昭昭顯豁，我們卻匆匆擦身而過。

那一天，其實我們也是匆匆擦身而過，後殿正在展示虛雲和尚（一八四〇—一九五九）一生的事蹟，因為他俗姓蕭，我多留意了一些圖片，才發覺現代佛教史上，他是從道光年間直到民國的有道和尚，歷坐十五個道場，重興六大祖庭，一身兼承禪門五宗而有禪宗泰斗之譽。後來，我讀書、閱報，知道聖嚴法師、星雲大師都曾來到曹溪，聖嚴法師還寫過〈韶關曹溪的南華禪寺〉，他說：「虛雲老和尚總覺得是為償還憨山大師的遺願而來，很巧的是，憨山大師的法名叫德清，虛雲老和尚的法名叫古巖，又名演徹，字德清。前後兩位德清，究竟是一還是二？只有虛雲老和尚自己知道了。」

連聖嚴法師都有這種宿世有緣的讚歎，我們凡俗之徒如何做到「參見祖師必須空心無我」？只是，至少我們也可以開心地說：「來到佛地總是宿世有緣」。

在香港的兩個月，我兩次進入中國，事後想來，好像真有著無法言說的緣分在。

很久以後，我曾問過不研究禪學的臧老師：那時，怎麼會想到帶我們去禪宗祖庭，禮拜惠能？他說，他也說不上來。

說不上來的，就歸之於緣吧！

荷李活竟然是好萊塢，蘭桂坊卻是小酒吧

香港中環至半山的自動電扶梯，紓解了香港半山區狹窄、彎曲的山路緊張的交通頻繁狀況，它以一條直線拉近了許多S型道路，省略了山徑的起伏顛簸，梯長八百公尺，這是全球最長的戶外電梯，頂上加蓋，不畏風雨、炙陽，共有二十個出口，腳一伸就可以踏上你感覺不出她在自轉的地球。小時候我曾經因為家裡餵養的公雞被汽車輾死，胡思亂想如何能避開車禍，讓雞隻免於危險？我想到的是：車子動，才會壓死雞；車子如果不動，路在動呢，不就不會有危險？那時同學笑我「幼稚」，現在想想，我是在逆向思考哪！這麼長的戶外自動電扶梯，達成了我的幻想，證明「幼稚」的童心不可輕忽。

早上六點開始，自動電扶梯就開始動了，這時的方向是下行，從山到海，從郊野到都城，便利許多上班的人。十點到十點二十電扶梯不動，十點二十以後只往山上運轉，讓陡坡上的膝蓋得以休息，這一運轉就會維持到深夜，假日時，整天上行，顯然真的是體諒上半山的膝蓋與小腿，所以才會叫作「中環至半山自動電扶梯」。

乘用這座電扶梯，我習慣隨興下來走一段路，任何一個轉彎處都會有一些小發現，或者叫作小驚喜也未嘗不可。特別是德己立街、威靈頓街、雲咸街一帶，大大小小的酒吧，面海的面海，面街的面街，面梯的面梯，面面相噓或者相吁，卻是一片悠閒和樂、安怡。小小的酒店，觀光客、外籍人士、影歌星、體壇名人來來往往，可以看見令人目盲的五色、令人耳聾的五音，據說還有同性戀者出入的舞場（我最先打出來的字是「五常」），令人心茫茫，尤其是午夜一過，熱與鬧同時出場，燈未必紅、酒未必綠，紙未必醉、金未必迷，誰還會去管股票、馬票、芭樂票！這個地區就叫蘭桂坊（Lan Kwai Fong）。

蘭桂坊原來只是中環區一條呈L型的上坡小徑，如今應該是泛指這燈未必紅、酒未必綠、紙未必醉、金未必迷，午夜才是真正生活的起點，永遠演出嘉年華的繽紛、興奮，將熱鬧渲染出去的這方圓一百公尺的區塊。有趣的是，「蘭桂坊」的取意來自中文「蘭桂騰芳」，多美好的冀望！不過也有人說是「爛鬼坊」的音變，到底是由俗變優雅，還是由「蘭桂騰芳」的期望變成「蘭桂坊」的落實，似乎已經沒有人在意了！

所有觀光客、夜貓族在意的是，什麼時候舉辦音樂啤酒節，什麼時候來個嘉年華活動。不過，他們真在意嗎？醉眼迷茫中，誰在意誰的在意？

蘭桂坊向西行，緊鄰著電扶梯，士丹頓街、伊利近街一帶，則是歐美特色小餐廳聚集的地方，西班牙、地中海、北非、尼泊爾的異國餐館隨處可見，香港的國際都城之名，這裡也是一個可以見證的地方。如果眼睛專注於中式建築，又不乏福德宮、觀音堂、濟公廟這樣的古色間雜其中。這裡是華洋共處的香港「蘇活區」。

一看到「蘇活區」這樣的標示，任誰都會想到英國倫敦西部西敏市（**Westminster**）的「**Soho**」，包含唐人街、紅燈區在內的觀光客必到的所在，可以一次就賞盡特色小吃、看盡時尚酒吧，喝酒、交誼、休閒、聽音樂的觀光專區。或者說不定會想到美國紐約市可以穿堂越巷，流連不去的另一個「SoHo」，紐約的這個詞是「South」和「**Houston**」的開頭兩個字母所合成，顯示她所在的區域是「South of Houston Street」（休斯頓街以南）。據說香港的「SoHo」也是當地店家以「South」和「Hollywood」的開頭兩個字母所命名，所營造，一樣是藝術、裝裱、美食、時髦、夢工場之所在，遊客聚集、背包客東晃西盪的街市。

「Hollywood」是一條街名，最初我看到的是中文「荷李活道」，來回幾趟想不出「荷李活」的涵義，細看英文才發覺是臺灣常說的「好萊塢」，「好萊塢」在臺灣是流行、電影、時尚的同義詞，這裡卻是連接上環與中環的一條「古董街」，街上有些出售古董藝術、懷舊文物的商店，也有古色古香的文武廟，供奉文昌帝君、關公、包公、城隍，頗有古中國風的韻味，這裡「帝德同沾」，那裡「威伏炎瘟」，走幾步路，拐個小彎，卻又是英文字母排列的小酒店，「蘇活區」、「荷李活道」，迷人、炫人的風采竟是這樣讓人五味雜陳。

後來朋友跟我說，「荷李活道」是香港開埠時最早成型的街市，「**Hollywood**」所取的涵義，不是臺灣所翻譯的「好萊塢」電影城之意，而是「**Hollywood**」的原始本義「冬青樹」、「冬青林」，當時半山地區栽種冬青成林，所以用「**Hollywood**」作為街名，如今，「冬青」寥落，倒是「荷李」活了起來，很少人會去注意冬青的存在了。

這倒讓我想起彰化的「花壇」，清朝時期因為有大棵茄苳樹醒目挺立，那地方就叫「茄苳腳」（茄苳跤，**Ka-tang-kha**），日本殖民政府因為臺灣話的「茄苳」念作「**ka-tang**」，聲音近乎日語的「**kadan**」（花壇），所以改名為「花壇」。高雄市的「茄萣」（**Ka-tang-ti nn-á**）、屏東縣的「佳冬」（**Ka-tang-kha**），都有可能同以茄苳（亭，腳）定名，卻有了十萬八千里的「花壇」、「茄萣」、「佳冬」的異名。「茄苳」還在，「花壇」竄起，「冬青」寥落，「荷李」活旺，香港、臺灣都有殖民留下的刻痕，如果「人」有命理可察，說不定「地」也有他們的氣數可觀哩！

只有豬手沒有豬腳的香港

人，真是奇怪的動物，明明是人，卻喜歡拿動物相比。尤其喜歡與豬相比，說人家胖，非得說胖得像豬，笨得像豬不可，我聽來都有刺耳的感覺。沒錯，不用懷疑，你當然可以猜到，十二生肖我就屬於最後那一個，很笨很笨，玉皇大帝生日那天動物過河比賽，差一點趕不上十二生肖排名，總是被嘲笑「好吃」、「懶做」的那一個（而且，ㄏㄠˋ吃還要念對，念成ㄏㄠˇ，又要激起好多笑浪），不像老鼠精明，不像牛踏實，不像虎有威、兔會跳，不像龍盡責（牠灑雨去了，所以只得第五名），不像蛇機靈……甚至，連狗都不如。

「我是豬」，這是我說過最短的笑話，女學生可以因此笑好久，有時笑到畢業還記得，日後師生相見還要笑，想起來還會笑。

跟我同樣肖豬的同年，說到我時也喜歡提「蕭蕭是豬」，我豈肯示弱（？），總要追一句：「他跟我同年。」彷彿他跟我一樣是笨的豬就顯得我比較不笨了。唇舌是槍、是劍，同年的朋友晚我出生六個月，繼續補一槍：「他是豬頭」，然後還很無辜的、小聲地說：「我是豬尾。」這兩句，大家只聽到前一句，豬頭比豬尾笑果好太多了，即使我再怎麼解釋我不是豬頭，我是七月出生的，解釋的聲音哪會勝過嘲笑的聲浪！事後想想，也覺得自己這樣急急爭辯十分好笑，豬肚就比豬頭聰明一些嗎？除了教作文的人能深深體悟喬夢符在論套曲的作法中所說的：「起要美麗，中要浩蕩，結要響亮」的鳳頭、豬肚、豹尾譬喻，誰會想知道豬肚豐富的內涵與深度。

洋洋得意，羊羊得意，今年最貼切的成語。只是，山羊會比羊得意嗎？

我這樣問是有道裡的，我曾看見一家八卦山上的景觀餐廳，展示他們飼養的一頭很可愛的麝香豬，前面好大好大的字寫著：「不要叫我豬！」下面一排小字：「我是麝香豬。」

依據名家公孫龍子「白馬非馬」的論辯，麝香豬真的不是豬。

但，麝香豬會比豬聰明嗎？山羊、綿羊，公雞、母雞們，一定會這樣得意地問，而且明知故問。

聽說明朝有一個人叫葉世傑，在《草木子》中評述十二生肖的動物朋友都有一種缺憾，但人類「無不足」，他指出：鼠無牙（指犬牙），牛無齒（齒指上顎中間的門牙），虎無脾，兔無唇，龍無耳，蛇無足，馬無膽，羊無瞳，猴無臀，雞無腎，犬無胃，豬無筋。你看，這十二生肖就沒有哪一種動物「無腦」，豬，頂多是無筋，吃牛肉可以吃到牛筋，吃豬肉就不會吃到豬筋。但是有些人就是死腦筋，還會追問：「豬無筋」是不是指腦筋？小時候很多家長都遵奉古人以形補形的說法，認為吃腦補腦，他們給孩子吃的就是豬腦、雞腦，也沒聽同學說，吃腦時嚼到筋，所以醫院只有腦神經內科、腦神經外科，還沒看見腦筋科，多少人傷腦筋時不是腦筋受傷啊！

「豬無筋」，吃過很多豬肉的人都不一定知道「豬無筋」這種事實，就像在臺灣住了六十多年，吃過豬肉、豬腳，也看過豬走路，卻沒聽過「豬手」，在香港的這兩個月，我才知道，香港卻只賣豬手不賣豬腳。這樣比較的結果，很容易得出：香港的豬沒有腳，臺灣的豬沒有手的好笑謬論，至少我就不解，臺灣雖沒有豬手的講法，仍然稱為豬腳，但會加註說是前蹄（前腳），那香港呢？香港人如何料理豬的（後）腳、蹄膀？臺灣人祝福、祝壽、去霉運時，要吃「豬腳麵線」，香港人呢？有「豬手麵線」嗎？穿過許多巷弄，我沒見過這四個字。

回到臺灣，跟朋友談起香港人的「豬手」，朋友反應很快，問我「鹹豬手」又是什麼意思？好在，我的反應也夠快，當時在香港時我就問了相同的問題，原原本本將香港朋友的話轉述一遍：「鹹」字，在廣東話裡有男女交歡的意思（臺灣話卻是吝嗇、小器之意），因而拿「鹹濕」來比喻情色事物，譬如鹹濕片就是三級片，鹹濕手就是好色的手，指不當觸摸異性身體的手，但直接說「鹹濕手」又太露骨，所以訛音為「鹹豬手」。——可憐我的豬朋友，在豬八戒之後，他們又蒙上了另一個莫須有的好色汙名！

我洋洋得意，說得口沫橫飛，朋友卻說，可憐「鹹豬手」啊，蒙受不白之冤，其實它是一道德國名菜Pork Knuckle（德文叫Schweinshaxe），它只是豬的指關節，根本不可能伸出好色的手。

香港與臺灣，早期都用正體字，但有些語言兩地文化有了差異，不容易領會。這兩個月我學了一些，譬如：咖啡「去冰」，要說「走雪」。臺灣、日本用的「達人」，香港用「神級」讚歎。香港的「仆街」原來不是仆倒在街上而已，其實是惡毒罵人「死於意外無人收屍」，臺灣也有這種惡毒的詛咒「路旁屍」；好在現在溫和一些了，「仆街」只是無法挺立，沒用的「廢料」而已。臺灣人嘴甜，稱呼年輕女性為「小姐」、「美眉」，香港一直稱作「靚女」（靚，音ㄌㄧㄤˋ）。臺灣人喜歡「挺」你，或者說「Push」你；香港人用另一個英文字「Support」你、「十扑」你。

「靚女」，我「Support」你。「美眉」，幫我「去冰」。

香港與臺灣，其實都一樣，只要不跟動物比，好像就順耳、順心多了。

臺港對話錄

1. 編寫評教的抉擇或偏倚

香港王偉明：

您一九六三年十一月開始發表詩作，到一九七八年第一本詩集《舉目》結集出版，其間竟長達十五年之久，究是什麼原因呢？又直至二〇〇八年《草葉隨意書》為止，您出版的詩集亦僅得十二種，差不多要六年才有一本結集；此外，評論集與詩集數目大致相若，與散文集及賞析教學類相比，相差近倍。要若只讓您在「編寫評教」四者中作一選擇，您會以什麼身分來為自己定位呢？

臺灣蕭蕭：

新詩創作，對我來說是一件必須慎重以對的事，寫什麼、怎麼寫，同等重要，重複別人寫過的、重複自己曾經嘗試的技巧，我都希望能盡量避免，尤其是從一開始喜歡新詩，我就抱著好奇的態度在研究它，不論讀哪一位詩人的作品，無不從頭到尾，三番四次仔細審視，總要從中發現詩人隱藏的玄機，總認為語言文字背後必有特殊的蹊蹺，因此在閱讀別人作品時，絕不放過任何細節，創作自己的作品時，一定再三斟酌，寫詩的手稿，也一改再改，慘不忍睹。詩作不多，這是最主要的原因。其次，因為愛好新詩，總喜歡將美好的事物推介給朋友，所以我分出許多心力在做推廣的工作，一般人面對新詩只要自己欣賞、自己喜歡就可以了，我還要分析為什麼這首好、好在哪裡，研究詩人如何呈現、如何修辭，更進一步，還希望為臺灣新詩建構詩學理論，確立美學價值，詩教、詩學這些工作分去了一部分時間，在創作上，顯然就薄弱了許多。

不過，從三十歲出版詩集以來，到六十四歲的今天，寫作了十二本詩集，平均三年就有一冊，在眾多中生代詩人群中也算是多產的了！寫詩是一種內在的衝動，總有一種不得不寫的衝撞力，如果要我在「編寫評教」四者中作一選擇，「寫」才是初衷，近年來寫詩甚勤，出版詩集更為密集，可以證明。

2. 不同階段的詩社參與與詩觀

香港王偉明：

您曾先後參加過「龍族」、「詩人季刊」與「臺灣詩學季刊」等不同詩社，其間詩人的不同組合與詩觀，會否令您有所改變，還是堅持一貫的詩觀呢？我認為「龍族」偏重鄉土反思，而「臺灣詩學季刊」則較側重學術探求，二者取向似乎截然不同。您認同我這個說法嗎？如今後者由學院負責編印，會否讓詩人失去自主，甚至純以商業來主導？

臺灣蕭蕭：

「龍族」與「臺灣詩學季刊」這兩個詩社，我應該是主動、積極的創社同仁之一，不是附和參與。當初創辦「龍族」詩社，是有感於臺灣戰後出生、土生土長的一代，生活背景、思想觀念，與前行代詩人從中國大陸流離到臺，經歷逃難、失學之厄，離鄉背井之苦，有所不同，我們沒有失鄉之痛，卻有現實生存的壓力，不願意迷失在西方艱深晦澀的作品中。如你所言，鄉土反思、關懷臺灣現實、回歸中國傳統，是龍族詩社發展的主軸，期望有別於前行代詩人所屬的「現代詩社」、「藍星」、「創世紀」，甚至於期望跟「笠」詩社狹隘的本土意識，有所區隔。這是二十世紀七〇年代初期的事，到了八〇年代，中國大陸的詩評家以固定的觀點賞析臺灣現代詩，牽強附會，誤解連連，當時白靈、李瑞騰和我，深深覺得臺灣應該擁有自己的新詩解釋權，建立自己的新詩詩學體系，所以約集了八位朋友，以「挖深織廣，詩寫臺灣經驗；剖情析采，論說現代詩學」為目標，一九九二年十二月創刊《臺灣詩學》季刊，詩作與論述並重。十年後改為只刊載嚴謹的學術論文，成為您所說的側重學術探求的學刊（半年刊）。三年後，為因應網路之發達，新世代網路詩社群激增，詩腸鼓吹，吹響詩號，鼓動詩潮，所以在二〇〇五年九月創刊《吹鼓吹詩論壇》（半年刊），兩個刊物交互出版，不偏倚詩或論。這是我參與詩社的本意，樂意為此效力。（又，「臺灣詩學季刊」一直是由詩人學者經營，不曾委託公家機關或學院主導。）

至於「詩人季刊」則由蘇紹連所主導，由臺中師範專校「後浪詩社」所改組，當時在中部地區也發揮強大的影響力。這三個詩社的同仁，都屬於謙謙君子，個性、氣質，與我相近，相互之間有所鼓舞、有所激勵，寫詩的風格，或有不同，卻不會相互干預，令人慶幸。

3. 字有多義，詩有無限可能

香港王偉明：

您出版過《測字隨想錄》、《神字妙算》、《字字玄機》、《八字看平生，一字透玄機》等測字命理的書。您會否認為一字多義能為現代詩的詮釋帶來新的突破呢？

臺灣蕭蕭：

研究測字，原就是為探究字義的負載能力，以及人的想像、聯結之拓展，字與命理的認知已在其次了。

沒錯，一字多義，確能為現代詩的詮釋帶來新突破，周策縱先生曾寫過一首詩〈清明〉，內文只有一個字「露」，如果不從露珠的剔透明亮去聯想，無法體會清明與露的關係；如果不從「露」字是由雨與路合成，不會想到「清明時節雨紛紛，路上行人欲斷魂」的詩句；如果不從「說清楚講明白」的德行去思考，不能想到「露」也可以是動詞的顯露自己；甚至於還可以考慮孟子「善」之本性的清明本質，不就像「露」一樣清澈透亮。真的，字有多義，詩有無限可能。

4. 傳統詩話與新批評的影響

香港王偉明：

您曾以司空圖《二十四詩品》為論文研究對象，然則古典文論以至詩話、詞話等，能否套用來闡釋現代詩應有的文學特質？甚或「古為今用」而另闢蹊徑呢？又美國六十年代盛行的「新批評」，其評詩準則以至文本閱讀，會否有借鑒的地方？您在《創世紀》第一六四期〈渴望許多悠閒的日子〉中提到您花在研究的時間總在六小時以上，這對您的創作又有何影響？

臺灣蕭蕭：

傳統的詩學理論散落在詩話、詞話中，歐陽修的《六一詩話》是以詩話為名的第一本，但唐朝司空圖的《二十四詩品》實質上更早邁出這一步，詩話以即興式、印象式、生活式、手記式記錄詩人之所見所思，片鱗半爪，卻也彌足珍貴。讀研究所時，我選擇司空圖《二十四詩品》作為研究對象，同時擴及宋、明、清詩話的觀察。更因為大學詩選、曲選老師葉嘉瑩的影響，曾努力鑽研王國維的《人間詞話》。這一系列的研讀，對於我後來解讀現代詩、評論現代詩有極大的幫助。詩的本質，古今相通，利用傳統文論、詩話，只要不是硬生生的套用，都有可以靈活轉圜的可能。

美國新批評輸入臺灣時，我正在大學、研究所就讀，吸收極多，也是早期分析現代詩應用最廣的一種技巧，特別是字質分析這一部分，在我的導讀、賞析或評論文章中，都有影跡可尋。最近七年專任大學教職，為了撰寫學術論文，每天至少有六小時以上在閱讀美學、詩學理論，論文深度增加的同時，散文的創作量幾乎停滯，得失之間，不知如何衡量。

5. 定靜談禪詩

香港王偉明：

「入乎其中，出乎其外」，您認為以禪意入詩，最大困難是什麼？除了加添現代事物的因素外，現代禪詩與唐宋的相比，最大的區別在哪裡？二者可有相互調和融合之處？

臺灣蕭蕭：

工商忙碌的現代社會最需要定靜的心，閱讀禪詩、體會禪詩，最能提供這種能量；

但也因為這種忙亂的外境，很多人難以進入禪詩的境界。這是禪詩與現代社會的兩難。所謂禪詩，應該是具有禪意、禪趣、禪悟或禪境的作品，對作者與讀者而言，都是極大的考驗，作者「須」閱讀、觀察、體驗、冥想以漸悟，更「需」突發奇想、天外飛來、無中生有、靈犀一點以頓悟。讀者的考驗也在此，否則如何進入作者的詩境中？

現代禪詩缺少禪師作品，能否獨立成類，有待研究。除現代事物、現代語言、現代氛圍之外，現代詩與唐宋詩在禪意、禪趣、禪悟或禪境上的努力，應該相接近吧！

6. 香港關係著蕭蕭詩與詩學的成長

香港王偉明：

早年的《創世紀》曾刊發過不少李英豪所寫的詩評，您可有受他啟發而專注詩論呢？又前輩詩人如方莘、方旗、黃用、阮囊等人的詩作，論者甚少，更日漸為人淡忘。您認為是資料散佚所致，還是別的因素令他們詩名不彰？

臺灣蕭蕭：

影響我論文寫作的前輩，第一位即是李英豪，《批評的視覺》一直是我期望企及的指標性著作，其次是葉維廉與熊秉明兩位先生。第一位批改我詩作的，是香港的劉國全，那時我參加覃子豪先生的新詩函授班，劉老師是批改作業的導師。二〇一一年香港大學建校一百週年，我又以詩人的身分成為港大駐校作家，近幾年來，港大黎活仁教授在論文寫作上，也給我許多提點。香港，冥冥之中，關係著我詩與詩學的成長。

很多傑出的詩人會埋沒在詩史中，很多優異的詩篇也一樣湮沒在歷史的長流裡，對於方莘、方旗、黃用、阮囊等詩人，我們或許只能這樣慨嘆吧！後之視今，猶今之視昔，不知道後人又會對我輩發出什麼樣的感嘆啊！

7. 取徑於南懷瑾老師的禪、道著作

香港王偉明：

在《管籥二重奏》您的「臺灣小調」部分，散文創作外還附有不少極具禪意的水墨畫；雖寥寥數筆，卻突顯詩情。您可曾借鑑担當、李可染呢？又弘一法師與聖嚴法師，您認為何人的思想對您有較大的啟發？

臺灣蕭蕭：

《管簫二重奏》裡的水墨戲筆，是為了配合管管前輩有文有畫，勉強趕鴨子上架，不值識者一笑。

弘一法師、聖嚴法師，我與他們緣分均淺，只讀過他們兩三本著作，倒是南懷瑾老師的禪、道著作閱讀較多，喜歡他那種儒、釋、道隨處可以欣然相遇、了然於心的喜樂。

8. 藝術的偉大是技巧的偉大

香港王偉明：

意象以條貫、圓容、蒙太奇與焰射來連接，您認為主題分析與風格呈現，兩者可否互為表裡呢？又您對席慕蓉、吳晟與蘇紹連等人的詩評價頗高，與時下一般的看法相左，原因何在？

臺灣蕭蕭：

主題分析是風格呈現的一部分，可以互為表裡，但表現的藝術技巧，更可能影響風格的呈現，我相信藝術的偉大是技巧的偉大這一句話，所以，意象能以條貫、圓容、蒙太奇與焰射各種方式連接的詩人，才是我心目中優異的詩人。

席慕蓉對情意的拿捏、把握與刻畫，其細膩處能觸動人心，她對原鄉蒙古文化的重視與執著，尤其令人動容。吳晟則在臺灣農業、鄉土的護衛上奉獻心力，一生只為一事奮鬥，同樣值得給予較高的評價。至於蘇紹連所挖掘的問題，所開創的藝術工程，在臺灣主流詩史的評價上，受到極多的推崇，他是中生代詩人裡能在主題內涵與藝術技巧上，雙雙獲勝，與陳黎並駕齊驅的優異詩人。

其實，我對其他詩人的評論，陸續撰文推薦中，相信還會有更多驚奇的發現。

9. 詩選主編是詩壇「公僕」

香港王偉明：

《年度詩選》以至《臺灣當代十大詩人選集》出版後，往往惹人詬病。入選與落選，出現了巨大的落差，甚或難以持平。您先後編有《七十二年詩選》、《七十八年詩選》、《八十五年詩選》與《八十九年詩選》等；您編這些選集時，可曾遇上什麼困難或問題？此外，《鏡中鏡》、《燈下燈》撰寫時，會否因與詩人的關係密切而不敢狠批，甚至出現「走過場」等現象？又當時您是以什麼原則來評定詩之高下？

臺灣蕭蕭：

我參與年度詩選工作，應該是最為長久的一位，從爾雅出版社、現代詩人群，以至於今日二魚出版社的《臺灣詩選》，都曾是其中的一員編輯。最新的《二〇一〇臺灣詩選》即在我來港前夕的三月十二日舉行首發會。

選詩、挑詩，原本就是十分主觀的事，見仁見智，各有一把尺，但主編者又不能完全仗恃著自己的偏嗜，獨沽一味，他必須顧慮到詩刊、報紙副刊是否均衡，各詩社是否兼顧，各類題材、類型是否周全，其次要考慮的是，選這位詩人的代表作還是新風格，選普羅大眾能接受的詩還是獨樹一幟，堅持自己的品味還是以市場為導向，堅持詩選的水平還是顧慮個人的交情。這就是主選者遇到的困難與問題，仁與智的取捨。在臺灣，有人以「詩壇霸權」解讀詩選主編，我卻覺得以「公僕」稱之，或許更為恰當。

《鏡中鏡》、《燈下燈》是我最早的兩本評論集，當時抱持的是推介好詩的心態，因此選的是詩壇的好作品，導讀多於批評，擇優多於汰劣，仁者之心多於智者之見，或許是個性使然吧！我一直不曾以凶狠之筆對待新詩，總覺得，如果是好詩，就選它、評介它，如果不是好詩，就略而不談，任何一位詩人，總有敗筆，挑敗筆來談不如示範佳構。我看其他文類的評論者，大抵也持這種態度。寫作這兩本詩論集時，正是我受新批評影響最大時，結構是否完整、意象是否完善，幾乎是我最常依據的兩個準則。

10. 創意、創造、創新的三創藝術

香港王偉明：

臺灣報紙廣告上曾有「誠徵詩人」與「廣告詩」，令人耳目一新。去年國內有「羊羔體」詩獲獎，竟惹來種種猜疑。您認為爭論的焦點可就是「詩質」呢？又政治入詩，拿捏不準，很易流於口號；您認為字句重複出現（疊字疊句）會否造成特別的效果？

臺灣蕭蕭：

「誠徵詩人」與「廣告詩」在臺灣報紙出現，是解構觀念的實踐，詩人可以肆無忌憚，解構權威，解構上一秒的自己，能在這樣大的自由感之下創作，創意、創造、創新，三創藝術當會源源不絕。

廣告詩、政治詩，或者生態詩、現實詩等等，最基本的，先要是「詩」，然後才能是廣告詩、政治詩、生態詩、現實詩，這正是你說的詩質，擁有它，就不會流於口號、

流於白描。否則，意識形態高於一切，那不是藝術！

重複，複沓，一直是詩歌最基本的質素，類疊、迴文、頂真、對偶等等修辭都是換了形式的重複，這是詩人必須好好把握的技巧。當然，技巧要能善用，不能善用反成累贅。

11. 詩的意象、節奏、結構與想像

香港王偉明：

在〈講授一首現代詩的準備〉一文中，您提到講授現代詩時應特別注意詩的意象、節奏、結構與想像四方面。然則您認為叶韻、跨行、標點符號的運用，何者較易拿捏？我認為朗讀於現代詩不容忽視，可藉聲音與肢體語言的展示來擴闊想像空間，您認同這個看法嗎？

臺灣蕭蕭：

就叶韻、跨行、標點符號運用三者而言，大概是標點符號最容易掌握吧！因為現代詩人大都放棄了符號的標記啊！不過，最近有年輕學者研究起詩人如何使用標點符號，可見正確且靈活使用標點符號，利用空白，對於詩藝、詩意，應該有正面的意義。標點

符號是一種符碼，可以造成圖像效果，同時也是句讀的依據，可以達成聲韻波折的魅力，詩人的寫詩功力，標點符號的運用可以列為鑑賞準則之一。

跨行是新詩寫作一開始詩人就注意的事，從五四時代累積下來的經驗，應該可以給後學者許多啟發，可以將跨行視為一種「隱形」標點符號，換句話說，它也有圖像與聲韻效果，比標點符號更進一步的是，跨行又有意義上的「留白」作用，留下轉折的空間、深思的空間，可以讓詩在讀者心中逗留。新詩跨行的成就，目前尚未有專文討論，這是值得大家一起欣賞、思考的新詩特色。

至於諧韻，一般人都說新詩強調內在的節奏，其實諧韻也是新詩節奏重要的一環，不必刻意押韻，也不必刻意避開押韻，自然生成最佳。大家所喜歡的詩人、詩篇，如鄭愁予、余光中、瘂弦、席慕蓉、楊牧，他們的詩是諧韻的，諧韻所造成的流暢節奏也是他們受歡迎的原因之一。

就以上三節來看，如你所言，新詩教學中的朗誦就有了重要的地位。我一向主張，詩的教學，不論新舊，未上內文說解之前先朗讀一遍，讓學生體會全詩聲情之美，完全說解之後，再朗誦一遍，讓學生回味全詩意境，這才是完美的教學。在臺灣，新詩朗誦還融入音樂、肢體動作、戲劇、舞蹈、光影，成為一種綜合性的演出，學生的想像空間、創意空間就更為開闊了。

12. 詩的大植物園主義

香港王偉明：

近年臺灣報刊選登現代詩的園地日漸縮減，這會否造成現代詩發展的桎梏。又多媒體的盛行，令部分年輕人趨之若鶩，只注重圖像而忽略文字所賦予的想像空間，導致詩壇發展停滯不前。此外，大陸詩稿的大量湧入臺灣，以至「臺語詩」的大力推介，這會否形成近年臺灣本土詩歌的不振呢？您對臺灣詩歌未來的發展又有何期許呢？

臺灣蕭蕭：

臺灣現代詩的發展，二十世紀所依賴的是詩社、詩刊的活動蓬勃，報紙僅是輔佐之具，二十一世紀閱報率降低，電子媒體熱絡，年輕詩人轉往網路發表詩作，此一趨勢會持續一段時間。即使如此，臺灣仍有主要媒體《聯合報》、《自由時報》、《中國時報》、《人間福報》、《中華日報》等報紙刊載新詩，學院裡研究新詩的碩士論文、學術研討會，年年增加，新成立的年輕詩社，如「風球詩社」活力十足，新詩的未來似乎還算樂觀。

大陸詩稿湧入臺灣，臺語詩、客語詩寫作熱門，其實也是臺灣詩壇蓬勃的另一種現象。早年紀弦先生曾提倡「大植物園主義」，他所掌握的信念應該就是臺灣文化的多元性，一向臺灣詩壇就像臺灣文化一樣繽紛，未來應該也可以如此期許。

再見，龍虎山那一片寂靜

喧囂裡的寂靜

港大的那兩個月，我喜歡去爬龍虎山，龍虎山在多山的臺灣人眼中不算大，海拔才二百五十三公尺，約略是中段的八卦山高度，三十分鐘就可以上到山頂，這裡是香港中西區的薄扶林，香港大學就在龍虎山東北部的山坳裡，龍虎山為她形成很好的屏障。如果繼續往西北的方向挺進，那就是有名的山頂，摩星嶺所在，觀光客麕集的地方，有幾次我從港大走到摩星嶺，爬山的汗氣實在不與時尚的仕女相配，所以，通常我都選擇一片草地，或者一塊岩石、一個山坳，坐山望海，享受香港喧囂裡的寧靜。

有一次坐在松林古堡裡，我想著，二十歲如果是樹，應該也有四樓的高度，而且伸出很多隻手，向遠遠的天空揮舞著。但對小草葉來說，那會是什麼樣的面貌哩？很老的年紀嗎？我們不確知樹的年歲，但總可以胡亂猜說十歲、五十歲，或者很科學卻又不負責任地說，鋸開樹幹看看年輪就清楚了！

但是沒有人知道草三歲、五歲，或者六十五歲的樣貌，更確切地說，草的年紀從來沒有人會想到以十作為計數單位，是因為每一年草都吐出新芽嗎？每一年，或者說每一天，都以新芽對著春天微笑，對著秋天微笑，憨憨的，彷彿剛剛才認識這世界。龍虎山隨時都有這樣的草皮以新芽對著我微笑，憨憨的，就像第一次遇到我（應該是我遇到她）那時的笑容，讓人感覺會有很多話要說，或許說一輩子也不一定說得完的話。

就人類來說，六十歲算老嗎？每次搭九龍的渡輪，指揮人員都會引導我走上敬老通道。我自己從不以為六十歲算老，有一天七十了、八十了，說不定我也不覺得老之將至、已至，因為我知道我心中一直住著一個小孩童，他會有許多奇思異想，連天邊的雲都比不上的那種歡、環、緩、幻。何況，作為人的年齡的數算方式，可以有身體年齡、智慧年齡（這數字恐怕還得加大），所幸，還有心理年齡可以做個平衡。

但我終究不敢親近青青草葉，我有一顆對地球過敏的鼻子，不敢讓那綠色的汁液搔著我的臉，只能遠遠望著，繼續複習著草葉那一輩子也不一定說得完的話，享受香港喧囂裡的寧靜，在龍虎山，在百步林。

我一直在

四十可以不惑，五十可以知天命，六十，那就不論什麼樣驚駭的話語聽來都能順耳順心。這樣的歲數與生命的體驗關係，我們都背得非常熟悉。

但是在知天命的年歲，我還是惑的，驚疑不定的：小草葉，你會一直在那兒嗎？在一片草原中，在風中。

可以耳順的年紀，老公公還是不知天、不知命，不知我們信靠的上帝如何安排你的未來、我的現在，聽媽媽的祈禱還是聽自己內裡的真心？

四十不惑，六十耳順，終究是孔子的修持和體悟，我們要延後三十年，延後三十年才能企及吧？誰知道呢？

想想時時竄升的惶惑會持續多久？三天？四個月？有那麼幾次，望著陽明山逆風的一片草坡、桃源谷順風的一片草坡，彷彿每一片草葉、每一個你，都在說：我在，我一直在。是這樣的眼神，這樣真心的聲音，讓我們不再遲疑、不再惶惑的吧！

我在，我一直在。

靠著這微弱的生命聲音，我一再複習小草葉的氣味，在小草葉熟悉的國土上，在龍虎山，在百步都是林的薄扶林。

我走不出我的屋頂‧你走不出天空

小草葉，是屬於陽光的，陽光一般遍照天下，天秤一般平視著與草葉等高的大樹、昆蟲、巨獸。是，草葉一直堅持公平正義，再巨大的怪獸草葉也可以勇敢地平視牠，即或仰視也無所畏懼。

甚至於可以說草葉也屬於風、屬於雨，因為草不怕風起、不怕雨澆，總是知道如何站穩腳跟，頂著天立著地。我記得學生常唱的屬於小草的歌：

大風起，把頭搖一搖，
風停了，又挺直腰。

大雨來，彎著背讓雨澆，
雨停了，抬起頭站直腳。
不怕風，不怕雨，立志要長高，
小草實在是並不小。

草葉可以接納風雨的沖刷，把這些困阨當作生命中必要的洗禮，讓自己在大自然中成為最大的一片自然。

不過，好像所有的生命都需要一片屋頂，誰能張開衣袂成為你的屋頂？被移植到一塊陌生的土地？被限縮在有限的盆罐裡？即使改變了熟悉十多年相投的氣息，你也要一片屬於自己的屋頂？

在松林古堡、在西高山機槍堡的觀景臺，我們都忘了頭頂的天空就是最好的屋頂，忘了風雨曾經讓生命緊緊相繫，忘了陽光可以增強筋骨的力勁。忘了，真的忘了：曾經與風雨搏鬥過的天空最是蔚藍，蔚藍的天空就是最好的屋頂。

細雨潤草無聲

三月、五月，香港一直沒下雨，今天下起絲縷一般細細的雨，我抬起頭，沒看見雨從天的哪一處下來，甚至於也沒聽雨說：我來了，我帶著甜甜的笑，甜甜的歌聲。但是我們知道：雨來了。

雨來了，我低下頭，他又去了哪裡？沖洗了小小的草葉，小草葉亮著她自己的綠，綠著她自己的豪氣，自信地望著雲破處的湛藍，然後呢，小草葉呀，細細的雨絲他又去了哪裡？

小草葉左看看右瞧瞧，她會發現自己的身體又可以像天體一樣周行而無殆，又可以無所住、有所生了，小草葉露出甜甜的笑，甜甜的歌聲。

細雨只靜靜下著，靜靜潛入黑泥暗土裡，潤著草根、樹根，遙遙聽聞草葉、樹葉甜甜的歌聲，甜甜的笑。我只靜靜聽聞小草葉舒筋展骨的聲音，微微笑著。

天地無聲，但是雨在，水在，我在，在你甜甜的嘴角。一直很喜歡張曉風說的，時間上「昔在、今在、恆在」，空間上「無所不在」的，那是神。但是更人性化一點，我要說，那是愛，就像雨在，水在，我在，你甜甜的笑聲恆在。

「跟你一樣，我會一直在。」這就是細雨啊！細雨一直潤物無聲，在風起雨飄的這個時候，望著遠遠的薄扶林水塘，我靜靜潛入自己的黑泥暗土裡。

人生的塔克拉瑪干

我喜歡赤足跑跑走走在草地上，讓細細的草葉，草葉尖的芒，搔著腳底，土的溫潤，草的柔韌，只有祖母的愛可以彷彿一些些。從小學在田埂上奔跑開始，就有這種馳騁的慾望。那是奔向大自然的內在騷動，那是回應天地永恆的召喚。就像裸身面對自己，面對愛，那樣自然。

人的腳掌不像貓掌那麼柔軟具有彈性，好在也不會像貓那樣隨時警覺，隨時可能伸出利爪，只是有時長長的腳趾甲勾住小草葉的葉緣，好像小草葉扯住我的腳，不讓我前進一小步，那樣的感覺，好像小草葉在說：讓我幫你剪剪腳趾甲吧！

好像恩愛的老婆推出泡腳的熱水桶，插上插頭，調勻溫度，持續增熱，要軟化那堅實的厚甲板，才方便小小的剪子可以俐落剪出渾圓的弧度，或者方便翻剪出深陷在腳肉裡的尖銳腳趾甲，一面輕輕翻剪，一面輕聲細問：老公，痛嗎？一面輕輕揉撚撫弄。

這種時候，我總溫馴如貓，將草葉輕輕撥開，不要惹痛了無辜的小小草葉，我才好繼續跑跑走走在草地上，繼續回應天地永恆的召喚。

只是天地的召喚也不盡然保持她的恆定性，平整的草坪越來越少了，鞋襪保護著的腳掌越來越嬌嫩了，或許我該走向人生旅程中的塔克拉瑪干，去讓熱滾滾的沙子、圓滾滾的沙子，摩挲我的腳掌、我的身心，讓一千公里的沙漠、驕陽炙烤我，讓維吾爾語「進得去出不來」的塔克拉瑪干鍛鍊我，鍛鍊我成為一棵胡楊木。

讓龐大的根系深深紮入地下的駱駝草，專屬於駱駝吧！

讓龍虎山的草坪留在香港的薄扶林，讓昂坪的佛留在昂坪的山霧裡！

輯二／明道住校作家記事簿

我最好的一次朗誦

我不是擅於言語表達的人，但在很多場合很多人會要求我講話，他們說：你是作家呀！

我也不是擅於用聲音演出自己作品的人，但常常會被要求朗誦，他們說：你是詩人呀！

Face book上正在「揪團」串連響應：「我是中文系不是字典系」。所有中文系的人，不論剛剛入學或已經畢業好多年的朋友，都會被問到「這個字怎麼念？」「那個字怎麼寫？」如果回答「不熟」、「不清楚」，異口同聲都會輸出這樣的質問：「你，中文系耶！」好像中文系就該認識許多冷僻的字，譬如：「俳傺傥鑳韡」這五個字，你認識嗎？怎麼念？什麼意思？我是傳統中文系正科班畢業，而且還在中文系「服役中」，如果告訴你：我不認識，你一定不相信：「中文系耶，不認識？」

可是我真的一個也沒見過，它們是我從電腦桌面上〔插入〕→〔符號〕中隨意找到的字。如果我真的去查這五個字的音義，真的應用它們在某一篇文章中，結果一定構成傳達的困難。所以，我也應該響應：「我是中文系不是字典系」。後來沒有參加這項活動，是因為在這一生的閱讀經驗中，好像還沒有被某一個陌生字嚇倒，可見一般寫作的人不會故意採取罕用字嚇人，古人雖然沒有說過「嚇人者人恆嚇之」這句話，但受到「以此類推」的影響，不嚇人才是對的，尤其是不可以用奇字險韻嚇人。時尚界的朋友內心裡承認，奇裝異服可以引來一時的虛榮，卻得不到由衷的讚歎。

不信，讀一小段韓愈的〈南山詩〉：「或斜而不倚，或弛而不彀。或赤若禿鬜，或熏若柴槱。或如龜坼兆，或若卦分繇。或前橫若剝，或後斷若姤。延延離又屬，夬夬叛還遘。喁喁魚闖萍，落落月經宿。誾誾樹牆垣，巘巘駕庫廄。參參削劍戟，煥煥銜瑩琇。」你就知道冷僻之字有多折磨人！說不定還懷疑他的名言：「師者，所以傳道、授業、解惑也。」真的是同一個唐朝的韓退之所寫的嗎？這樣的〈南山詩〉，還真迫切需要老師來解惑！

怪不得連中文系都要表明他們不是字典系，不用「字典才有的字」去折磨其他人！所以，天下其他「用字人」何苦為難「識字人」！

不過，我倒是想加入「我是詩人但我不擅長朗誦」這樣的社團，只是目前還沒有人發起，暫時還會被要求上臺朗誦。最近的一次，我的名字底下仍然清清楚楚寫著「新詩朗誦（配合音樂）」。我不是鴨子，卻被趕著上架了！

我上架了，不，我上臺了。

我選擇了年初剛寫的詩〈你不在那裡〉來朗誦，這是兩首連作的詩，第一首〈先父〉，寫爸爸大行之後這一、二十年，明明知道他不會在墓園、不會在田岸邊、不會在戲棚下，我仍然忍不住在這些地方逗留，找尋曾經熟悉的氛圍。第二首〈詩〉，探尋詩到底在哪裡？文學史剛開始的關關雎鳩，那樣的鳥鳴處是詩嗎？屈原出生的秭歸是詩，還是屈原葬身的汨羅是詩？詩在網絡上穿梭、還是油墨裡遊走？我所要辯證的是：以語言文字為載體才是詩，還是源源不絕的生機、香草的韌性才是詩？

〈你不在那裡〉，寫的是我最想念的爸爸和最珍愛的詩，朗誦時面對的是家人之外最親近的學生、可以一起為理想而奮鬥的同仁，這時我的心靈是放鬆的，自在的，我緩緩從演示場的另一端走出，心中沒有錄影機的存在，聲音安然而出：「清晨五點半，文學史剛開始／黃鸝鳥嘰嘰而麻雀喳喳／你不在那裡／生機卻在那裡」。心中沒有錄影機，人就自在了，心中不去想詩在哪裡，純任生機隨意蔓延，詩，其實就在了。

「秭歸與汨羅江之間水面茫茫／漁夫數點／一聲兮來一聲些／繩索與船槳窸窸窣窣在摩擦／你不在那裡／香草的韌性一直在延展」。屈原的風骨是詩人的原型，秭歸與汨羅的水面是詩的最初原生地，繩索與船槳的窸窣聲是楚辭最原始的聲韻，然而，詩只在這裡嗎？我選擇大自然的「香草」，香草內在的「韌性」意象，以及「延展」的歷史傳承與空間開拓的象徵意義，其實都是詩的自在，詩的無所不在，或者說：詩的無限可能。詩人當初看的是家鄉的山、家鄉的水、家鄉的橘，想的是蒼生，遭遇的是愁緒，這時哪會想到詩？秉筆直書胸臆罷了，秉筆直書眼前所見所聞罷了，那不自覺流露而出的，就是詩。

這一次的朗誦是我最好的一次朗誦，勝過端午節屈原故里的朗誦，勝過臺北詩歌節的演出，因為我放鬆了，自在了，沒有「我是詩人」的矜持，沒有「我在表演」的裝扮與在意，我只是對一群新鮮人訴說兩代之間的繫連，我只是告訴他們：詩是隨手可以撿拾的，早起的鳥聲中有詩，草葉的筋脈裡有詩。

喜歡唱歌的朋友跟我說，他在浴室裡唱的歌最好聽，我問他為什麼，他說可能是浴室空間不大，四壁有回音迴盪的效果，也可能是浴室充滿水氣，聲音因而有了潤澤，不會乾澀。經由這次的朗誦心得，我想，應該是浴室裡，我們解除了所有的束縛，輕鬆自在，心中認為自己的歌聲不會被室外的人聽到，所以放鬆、放心地唱，自自然然震動不緊繃的聲帶、不緊繃的口腔、胸腔，唱出了屬於天籟的美妙聲音吧！

果真如此，雖然還沒有人發起「我是詩人但我不擅長朗誦」的社團，似乎我也不必加入了。

我不在家

一位三十多歲的朋友興致勃勃跟學生一起上篆刻課，有時在系辦看見她的半成品，堅硬的石頭被四片小木條夾緊，石面上已有灰黑的線條，約略可以辨識字跡，哇，真神奇，還不到一學期就已經有模有樣了，我轉著半成品跟她這樣說。

「周邊應該留下的框線，常常被我刻壞了！」

「那框線是必要的嗎？」

「對初學者來說，是必要的。」

「喔，那是一種規矩吧！」

雖然我不懂金石、篆刻，但每次看到印章四周的框線，很多人都可以掌握住線條的筆直與勻稱，總是佩服篆刻高手這種功力。就一個初學者而言，如果能在這四圍線條表現刻功，將線拉得直而瘦細，將轉折處顯現得方方正正，有稜有角，手勁就已值得稱述了。不過，也就因為每顆印章都這樣循規蹈矩，這樣恪守師徒世世代代沿襲下來的成規，我們反而忽略了這種基本功，彷彿印章生成就應該這樣。當然，我們的注意力都會集中在框線內的字，通常那是自己的姓名，「我」的具體代表，一種「承諾」、「信守」的力量。

真正篆刻的藝術工作者，絕不等同於刻印章的師父，刻印章師父重視的是技藝，獲得的讚譽是「巧匠」；篆刻家卻重視生命的體驗、人格器度的修持，往往濃縮而為幾個字，鐫刻在石彷彿銘記在心，譬如「上善若水」大家都熟知的老子的教示，或者大家不一定熟悉的「樸雖小天下莫能臣也」，諧趣時如「不為無益之事何以遣有涯之生」，長一點的「勸君更盡一杯酒與爾同銷萬古愁」，或者「縱心物外」、「與誰共坐明月清風我」的瀟灑，甚至於佛教經典語「應無所住而生其心」，改寫的對聯：「風調水順體泰心安」，往往令人會心一笑的同時，恍然若有所悟。所謂「匠心獨運」指的應該就是這樣的篆刻家，既有精湛的刻工合乎「匠」字，又有虔誠面對世界的開悟的「心」，可以是自成一家的「獨」門絕技，又能具備「運」斤用斧的格局與氣魄。

在我擔任香港大學駐校作家回國後，初學篆刻的這位朋友送我一顆原石，上篆「我不在家」。當時心中一凜，這麼白的一句話，不能貼在門口，免得小偷覬覦；不能存放在答錄機上，否則下一句鐵定是毫無創意的「請留話」。這樣直率的話應該向誰說，說了他會如何震撼，或者無動於衷？

「我不在家」，那我應該在哪裡？家，除了是親人共同生活的地方，還可能有別的涵義嗎？譬如說，一個流派，或者一個修行的所在，一個可以放心的地方，「我不在家」，所以我在嘗試、我在接受考驗，沒錯，「我在路上」，可能是回家的路，卻也可能是在奔赴理想的旅程中。《世說新語．任誕篇》說到王徽之（子猷）住在山陰（浙江紹興）時，雪夜中醒來，喝酒，四望皎然（好一個四望皎然），因而在室內徘徊，吟誦左思的〈招隱詩〉，忽然想起隱居在剡溪（浙江嵊縣南方）、被稱為通隱（曠達的隱士）的戴逵（安道），雖然「巖穴無結構」，但「丘中有鳴琴」，雖然「荒塗橫古今」，但值得「杖策招隱士」，所以即刻夜乘小船前往，經過整整一晚才到，但子猷到了戴家門口卻又不向前叩門就回頭了，他說「乘興而行，興盡而返，何必見戴？」王子猷確實是「我不在家」，「我就在乘興而行的快樂中」最好的例子。同時，他也把戴安道當作「我不在家」的人，是的，戴不一定要在家，而我已來過，人生際遇，不就是這樣？這，也就夠了！

「我不在家」，這位三十出頭、送我石頭的朋友，到底要我領會什麼？

有趣的是，就在那幾天我卻接到詩人曾美玲的新詩集《終於找到回家的心》，換句話說，長期生活在家鄉虎尾的詩人，也有著「不在家」的感覺？那一顆「回家的心」又會是什麼樣的心，她如何找到，她會如何告訴我回家的途徑？

我急急打開曾美玲的詩集，設想這部詩集應該有一首主題詩〈終於找到回家的心〉，遍尋卻無著，詩集分六輯，六輯的輯名中沒有她，全部七十多首詩中搜尋不到這個題目的詩作。一般詩集的書名總以詩人最得意的一首詩為顏為額，至少也以某一專輯的輯名為書名，《終於找到回家的心》似乎不是這樣。這時，我靜下心來打開詩集閱讀，第一首詩〈雨中靜思〉，分成兩節，第一節寫「一場大雨驟然落下／各色大小傘花／擎起或輕薄或沉重的夢／在午後的街道上／流浪」。詩人在下雨時靜靜看著雨中行人，撐著傘，感受到那是不同的夢在流浪，眾多的人、眾多的心不在家。這是一種悲憫，悲憫流浪的夢何時回到自己的港灣——可以依賴的、溫暖的肩膀。

接著往下讀第二節，卻讓我心眼一亮，遍尋不著的「終於找到回家的心」終於找到了：

終於找到回家的
心，大雨過後
街道流成一條
清明的河流
帶走千萬噸虛無的慾望

家，一個可以安頓身心的所在，曾美玲所要找的「回家的心」：祛除了慾望，清明的心就是一顆可以回家的心。那樣的心，需要一陣大雨，沖刷虛無、沖刷慾望、沖刷汙穢，留下清明，有著清風之清、明月之明的清明，可以安頓身心。

《終於找到回家的心》是在一開始的第一首詩就揭示了這樣的清明上好之河，順著清明無慾望的河，那麼容易就找到回家的途徑。如果繼續讀這本詩集，沿著詩人的悲憫之心，即使「我不在家」，不也就是永遠「在家」嗎？即使他不在家，我心清而明，仍然與靜幽的明月清風相呼應。

相信靈感

沒有一個作家會告訴你，他靠靈感寫作。我也要很堅定地說：我不靠靈感寫作，沒錯，好歹我也算是一位作家，至少，現在我就在書寫，你看見的這些字、詞、文句，有些像露珠，有些像珍珠，當然大部分像沙礫，沒什麼特殊，不過請你檢驗，她們是靠靈感而來的嗎？

如果一位醫師跟大家說：我是靠靈感來治病的，靈感一來，什麼疑難雜症都可以治好，靈感不來，我也不知道怎麼辦！你想，他的診所會是門庭若市，還是門可羅雀？再如一家小吃店老闆，號稱自己是靠靈感做菜，有靈感，三兩下子就炒出一盤得意的料理，沒靈感，唉，炒個空心菜也不知道放肉絲好還是蛋絲對，放蝦醬香還是豆腐乳夠味？請問：他的店門口，天天有人來排隊，還是麻雀喜歡來這裡開全民大會？

靈感是什麼？聽聽流行歌曲也許有些幫助，至少那代表大多數人的看法。陳綺貞的〈靈感〉歌詞這樣寫：「是什麼在腦海揮之不去／是什麼在黑夜撲朔迷離／對你的崇拜，排山倒海而來／對你的依賴，讓我麻痺我自己／／再多的等待也只是空白／再多的空白也不能將你掩埋／也許是偶然，被你深深寵愛／也許是偶然，你將我遺忘／／失去了你，美麗只是面具／失去了你，善變只是遊戲／失去你，流浪只是逃避／失去你，愛情只是抄襲」。第一次聽，讓人懷疑這樣的歌詞跟靈感有什麼關係？除了前兩句，說著靈感的神祕（撲朔迷離），說著靈感的飄飛無序（揮之不去）。再聽一次，才知道，歌詞將「靈感」擬人化，所有的「你」都應該回歸為靈感——這樣的書寫正是文學藝術常用的手法，以歌的第二節來說，「再多的等待也只是空白」，正是期待靈感、靈感卻久候不來，「再多的空白也不能將你掩埋」，則是靈感一現、立即在眾多的空白裡讓人看見她的風采。受到靈感青睞，就好像被情人深深寵愛，不過，通常卻是親愛的情人將我們遺忘，彷彿七月半後的龍眼，路過的人豈僅眼睛不瞄不睬，手更不可能去採摘，靈感就是這樣，豆腐青菜，讓人又惱又愛。

將靈感比喻為情人，所以又惱又愛，「失去了你，美麗只是面具」，成為一個妥貼而美好的譬喻。此外，陳綺貞的〈靈感〉，其實更強調「偶然」二字，沒錯，靈感夜半不一定來，天明不一定去，你一再試探、一再追索，她杳無蹤跡，你放下鋼筆、離開鍵盤，輕輕啜一口茶，她素顏跟你杯底相見，這就是靈感。網路上可以搜尋到的「靈感」也這樣說：「靈感，是人們在藝術構思探索過程中，由於某種機緣的啟發，而突然出現的豁然開朗、精神亢奮，取得突破的一種心理現象。靈感給人們帶來意想不到的創造，然而它的產生卻是突然而來、倏然而去，並不為人們的理智所控制，具有突然性、短暫性、亢奮性和突破性等特徵。」我覺得這種突然性、短暫性、亢奮性、突破性，讀起來就有一種節奏上和心理上的雙重快感。

正式的《美學辭典》（木鐸出版社）上說，古希臘柏拉圖是最早論述靈感的學者，不過那時候的科學讓他認為，靈感是一種由神明賜予的失去理智的迷失狀態，離開了靈感，藝術家就不能創作。比較近乎科學的說法應該是：靈感是敏銳的感受和深入的思考相結合，形象思維與邏輯思維交互作用的產物，不是停留於感性認識階段的感覺印象。換句話說，以前的人認為靈感是天送的、神賜的，現代的人相信，靈感來自於大腦，大腦則是我們隨身攜帶的重要器官，雖然有些朋友覺得不帶大腦，生活也沒什麼不方便。我們還是隨俗一點，大腦，隨身攜帶吧！

一個人靜靜坐在有黃鸝鳥鳴叫的窗口，或者一個人坐在吵雜的城市咖啡杯前，即使是捷運的拉環邊，其實都可以要求我們的大腦（當然你跟我一樣都是隨身攜帶大腦的人）召喚靈感。

靈感如何召喚？看過哈利波特，讀過屈原辭賦的人都知道，變身是很重要的一個環節，生活在二十一世紀科學發達的臺灣，我們常常要過古人所過的有機生活型態，所以何妨偶爾學習遠古時代的巫覡，也不一定要念念有詞，就可以在腦海中隨時變身。譬如院長今天沒事叨念我們，我們可以將他變為工讀生，讓他默默做事，或者我們自己變身，不必名利在心，將自己變身為比院長身分還高的人，只要變身為晨曦、晚霞，變身為沙灘、岩岸，我們就有了更多的想像空間、伸展空間，可以無限延伸為更多的可能。

唱唱民歌吧！邰肇玫譜曲，施碧梧作詞的〈如果〉：

如果你是朝露，我願是那小草，
如果你是那片雲，我願是那小雨，終日與你相偎依，
於是我將知道，當我伴著你守著你時會是多麼綺麗。

如果你是那海，我願是那沙灘，
如果你是那陣煙，我願是那輕風，永遠與你纏綿，
於是我將知道，當我伴著你守著你時會是多麼甜蜜。

不僅自己變身，還拉著最好的友人一起變身，你不僅可以是朝露，也可以是海、是雲、是煙，是你可以幻變的任何天象。

請繼續變身，當你是朝露時，我難道只能是小草嗎？我不可以是早起的鳥、蠕動的蟲？我不可以是透過葉隙的第一道晨光，閃現著虹彩的七色光影？這不就打開自己的想像力了嗎？所謂靈感云云，自然會從這樣的光影中閃現出她的突然性、短暫性、亢奮性、突破性（多富於節奏的快感）！這時請好好掌握住，別讓她任性而去。

靈感是會繼續衍生的，衍生也可能是任性的。當施碧梧說你是朝露、是海、是雲、是煙時，你卻可以是完全不同的你，可以是橡樹的高昂，焰火的璀璨，荒野的遼闊，瀑布的一無反顧，這時的我也因此得到完全的解放，心靈解放，文學的天空也就解放了！

加上人就有了故事

「如果你是朝露，我願是那小草／如果你是那片雲，我願是那小雨」，朝露與小草，白雲與小雨，彷彿在說才子與佳人，王子與公主，這是多美好的期待！我們的文學、我們的嚮往，往往有著這樣綺麗而甜蜜的浪漫，然而，現實人生真有這種浪漫嗎？你——我們所衷心盼望的美好人物或事物，可能是一片純潔無垢的雲彩嗎？童話裡連公主都可能吃到毒蘋果、爛蘋果，真的不敢奢望現實中樂透頭彩會跟我們手上的彩券有著完全相同的號碼。

所以，從這樣的假設性譬喻語句裡，敢不敢設想「如果你是土石流」，我該怎麼辦？「如果你是一灘久年不動的死水」，我又該如何？這是現實中常有的真實場面：暴風雨，山崩，橋斷，急流，漩渦，或者一段嚼之無味、棄之可惜的婚姻，一場疑雲重重、試煉不停的戀情，或者可以不必早到卻一定會加班、遲歸、將人累成孫子的工作。這是現實的真，我們會在心中一再調適、調整、調理，會以行動去面對，讓自己免於生命場上土石流的威脅，書寫為人生裡的小段落，是不是又會再度調適、調整、調理一番？

那就設想土石流的惡水吧！那衝撞而來的力勁，那滾滾而去的聲浪，那一片無止盡的褐黃沉黑、沸騰滾燙——竟然是你，你是我永遠的噩夢。這時，我會如何？我會是薄薄的舢舨、扁舟，我會是無力的水手？或者，我只是靠著一點熱空氣漂浮的天燈，一只充了氣的汽球？不，絕不，任何人的心中都會這樣吶喊。

如果你是那滔天的濁浪，我就會是破浪而出那蒙衝巨艦；
如果你是撲攫而來的惡浪，我就會是水中的蛟龍；
如果你是席捲萬物的險浪，我就會是二十一世紀的夏禹。

心中有這樣的壯志，眼前就會有壯麗的景觀，再大的災厄都會因為這樣的壯志而退縮。

不過，這樣的詩句中雖然出現了你和我，但你和我卻是平面的、模糊的角色，加上了人，卻看不見故事性。

「如果」就是「假如」。施碧梧〈如果〉這首歌只是「物」的假設、「物」與

「物」的聯結，繼續將「物」（包含人物在其中，如你我）加上時間、地點、簡約情節，那就有了故事性，另一首〈假如〉（Lyrics），姚若龍的詞，信樂團的歌，顯然就有了故事性：

一份愛能承受多少的誤解　熬過飄雪的冬天
一句話能撕裂多深的牽連　變的比陌生人還遙遠
最初的愛越像火焰　最後越會被風熄滅
有時候真話太尖銳　有人只好說著謊言

聽歌的人會依自己的想像與經驗，添加各自不同的情節，這是聽歌的樂趣、讀書的樂趣，如「一份愛能承受多少的誤解」，沒有讀者會認真思考且回答：「兩次誤解」；而是聯想自己的愛情經驗，曾經發生的誤會所產生的苦痛，甚至於哀傷自己上一段的戀情就是毀於這樣莫須有的「誤解」。再如「熬過飄雪的冬天」，顯示了時間感（冬天），有人會聯想到韓劇的《冬季戀歌》情境，有人則想像飄雪的白色美景，有人會覺察飄雪的冬天所象徵的淒冷，當然也可能會有人因為「熬過」二字慶幸自己能從那樣的困頓中全身而退。這些歌詞、詩句、文章，因為有著不同的時間性、空間性、人間性，產生了故事性，傳達到不同的視覺領域、聽覺領域，衍生出更多的故事。

真的是：加上人就有了故事。加上一個人會有一個故事，加上兩個人就會有兩個以上的故事。多少年後，還會有人聽這一首歌，還會有人閱讀這一篇文章，所以還會有故事在衍生、在衍展。

以前我拍照，總喜歡清場，自己想拍的主景不希望有人在四周晃動，主角的後面不希望出現不相干的人影。後來朋友跟我說，風景照沒有人，就沒有故事，加上人，才有故事。有了故事，照片才有三D效果，才能立體化；有了故事，照片才是活的，才會說話。

文章更是這樣，或許這就是前人說的「人的文學」。

即使如姚若龍的歌詞所說：「想假如　是最空虛的痛／想假如　是無力的寂寞」，那空虛的痛，那無力的寂寞，是抒情的悲，卻也讓人感受到敘事後隱隱然的本事或情節。

想「假如」吧！即使有痛、有寂寞，「想」的過程激發了創意，「假如」的想像，跳離了人世間的桎梏，都有療癒的作用啊！

聽任意識流動

張開眼睛，可以觀察。閉上眼睛，可以思考。這兩者，誰都知道她們對寫作有極大的幫助。

書寫，幾乎都以視覺為主軸，其他聽覺、觸覺、嗅覺、味覺，站在協佐的角色，應該出席，卻不一定是常客。從《詩經》開始，大約就是這樣，請看詩之六義：風、雅、頌、賦、比、興，其中「賦比興」是最早的歸納出來的寫詩的方法，賦是直陳其事，類似一般人所理解的寫實主義，譬如《詩經》第一首第一節：「關關雎鳩，在河之洲，窈窕淑女，君子好逑。」大家都很熟悉的詩句，前兩句就是賦，「關關」是鳥鳴聲，得之於聽覺，「雎鳩」是鳥名，得之於觀察，「在河之洲」即目所見，仍然是眼睛觀察之後所下的判斷；兩句「賦」句之後，卻跳到另一個視野：人類社會淑女與君子追求與匹配的畫面，這一畫面不在眼前，卻是想像中的景象。不過，這想像中的景象，顯然還是眼睛所擔任的記憶圖象。這一「跳」，「賦比興」中屬於「興」的作法。這種「興中有賦」的四句詩，前兩句是要張開眼睛去觀察的，後兩句卻不妨閉上眼睛去搜尋過去留存的畫面。

眼睛，如此而成為我的靈魂向外探看的窗口。

跟別人談話時，專注看著別人的眼睛，是一種禮貌，不跟人家聊天，卻盯著人家的眼睛看，這可能是一種不禮貌，不論禮貌或不禮貌，我們所注視的他的眼睛，卻是可以看進他靈魂深處的窗口，連正經的孟軻都會說：「人焉廋哉！人焉廋哉！」

眼睛乃靈魂之窗，我的靈魂可以透過眼睛（我的眼睛、他的眼睛）探看別人的靈魂。眼睛既是我靈魂往外看的窗口，也是看透他靈魂的窗口。

所以，張開眼睛觀察吧！這世界顏彩繁複，聲音多變，人世間的故事呼應著多少次的起承轉合還有故事繼續延伸，足了，或累了，那就閉起眼睛休息，讓大腦運動吧！或者，連大腦也休息，留下反芻的空間未嘗不是另一件好事。

只是，除了張眼觀察，閉目思考，眼睛，還有第三種可能嗎？

有人偏著頭，想也想不出來；有人瞪大眼睛看著別人的眼睛，卻只發現她們眨呀眨的，沒有發出任何跟星星類近的聲音；也有人閉起眼睛仔細思考，卻發現比起偏著頭想，答案不一定更好、更周詳。

答案會在哪裡？有人偏著頭想，有人說：還是喝一口茶吧！

當茶樹的綠葉萌芽時，如果不及時摘下那一心二葉，那一心終究會成為另一片平凡的樹葉。當茶樹的綠葉經過萎凋、靜置、發酵、殺青、揉捻、乾燥、焙火，多麼繁瑣的歷練與修為，她才有資格被稱為「茶葉」。真正茶葉生命的實踐與完成，卻是要等無色的真水與她完全沖激：容易碎裂的茶葉因為水的溫潤而溫潤，無色的真水因為茶葉而黃綠、而香醇，這才是茶葉與水「生命的實踐與完成」。眼睛不也是這樣？當肉眼瞭望、心眼沉思，這還不是生命的實踐與完成，必須要等感動的淚水來滋潤，文學的生命才算啟動。濕潤的眼睛才是文學之眼，流過淚的眼睛才有療癒的效果。

當感動輕輕震盪心靈，你的眼睛怎能不潤濕？

當憂傷已經湧到胸口，你為什麼不放聲痛哭？

聽任憂傷流竄全身的神經，最終讓她衝擊淚腺吧！眼淚可以是珍貴的酥油，只潤濕靈魂的窗口；眼淚也可以是斷線的珍珠，滴滴答答像十歲少女對親情的傾訴；眼淚何嘗不可以是八月的南投，山區處處可以見到的土崩石流。土石流或許需要衡量生態，早作防護，眼淚潤濕眼睛的那一剎那，卻像茶葉與白水相遇那一剎那，像汗水流出體外那一剎那，那是某一階段、某一種生命的完成，某一少女、某一個祈禱的應許，無須防護。

聽任憂傷流動，就像寫作者聽任意識流動一樣，就像水在流、雲在行，擷取任一節，都是上天應許的美好圖形。

聽憂傷，任憂傷流動。聽意識，任意識流動。我們體內的意識流，永遠不會是無可控御的土石流。

創意冷笑話

文化講究創意，文學創作講究創意，料理也講究創意，否則就不會到處出現「創意料理」，甚至於講個冷笑話，也要有創意。

舉個例子吧！

有一天學生很興奮地跟我說，老師老師，「晶」對「品」說：「你們家難道沒有裝修？」好不好笑？

這是指著「晶」與「品」的差別，在於口中那一橫，此時如果「呂」對「昌」也說：「和你相比，我們家真是家徒四壁。」算不算有創意？其實，家徒四壁與一無裝潢，只是換了個說法，不算是創意。不如讓「呂」對「昌」說：「我就是羨慕你胸有決志，腹有詩書。」怎麼樣？很有創意了吧！不過，不好笑，很像某些國文老師的口吻，學生一定會說：給我外套啊！

所以，如果「9」對「6」說：「小心腦充血！」那麼「甲」就不要對「由」說：

「你什麼時候學會倒立了？」不如這樣要求：「廣告招牌要拿就拿好。」

再推演吧！「非」對「韭」說：「我們蜈蚣也會走鋼絲呀？」將「非」識讀為蜈蚣，是了不起的創意，將底下那一橫看成鋼絲也是創意。這時，「旦」就不要再約「日」也去走鋼絲了，更不要嘲笑「但」竟然要「人」扶著才敢走。至少也要改約：我們去玩滑板好嗎？

讀初中時，我的國文老師何乃斌曾經說了一個未完的故事要我們續寫，他說，有四個股東共同擁有一家棉花廠，廠裡所有的資產都分成四等分，連一隻貓也依貓的腳分成四分，右前腳屬於喜愛李白詩歌的江自流，右後腳屬於喜歡《維摩詰經》的雲自在，左前腳歸給信奉老子的法自然，左後腳則分配給宜蘭人游自得。多少年來相安無事，事業發展順利。有一天貓的左後腳受傷了，游自得親自給牠上藥，裹上紗布，受傷的貓靠著三隻腳可以在廠裡自由來去，有時還會躍上高牆。不幸的事情發生在夏天的夜晚，這隻貓的腳上紗布鬆脫，牠在走過火堆時著了火，火燒痛牠的腳，痛得牠奔向廠房，四個人共有的財產就這樣轟然一聲，付之一炬。其他三人要游自得賠償大家的損失，是左後腳著了火才造成這場災難。游自得說：要不是你們三隻健康的腳奔入廠房，會發生火災嗎？是你們三人要賠償我才對。何老師故事說到這裡，要我們繼續發展下去。

當時的我還不知道理性思考：貓的「頭」做了疼痛的反應與奔跑的決定，應該是真正的「禍首」，但是「頭」屬於誰所有呢？他們的契約並未書明，運動時發出力勁的「軀幹」又屬於誰？語焉都可能不詳，何況未曾言及。而且，為什麼不追究下命令的首領？只追究實際行動的「腳」？

那時的我其實也沒有想到：貓的生命是可以分割的嗎？一個整全的生命是可以分斤論兩來計算的嗎？就像肚子痛時，誰會去責怪肚子？誰會去責怪嘴為什麼要吃、手為什麼要夾、腦為什麼想大快朵頤？

至少，初中時代的我滿腦子不是大快朵頤這種問題，其時，我思考的是：「鳳去樓空」之後，為什麼李白會想到「江自流」？「鳳去樓空」的淒然，「江自流」的坦然，如何在李白的心中自然連結，單單這一點就讓我來來回回想了好久。後來，在棉花廠燒毀之後的後來，我曾好幾次回到現場，終究無法做出判決，無法延伸江自流他們三個人的故事，無法決定：我是受傷的那一隻腳，還是錯誤跑向棉花堆的那三隻腳？甚至於不敢將這樣的故事交給比我聰明的學生去傷腦筋，但是我知道，這是一個正確的邏輯思維、情義抉擇，二者之間還相互糾葛的教學好問題。

後來，我當了老師以後的後來，我給學生比較輕鬆的問題：

有三個朋友因為一場車禍來到天庭，閻羅王問其中一位事情發生的經過之後，還問他們，你對太太忠誠嗎？主角之一的A說，我們夫妻恩愛，我只愛她一人；主角之二的

B說，我們算是正常的夫妻，不過，我有一位紅粉知己；C則夸夸而談他如何周旋在四個「大一」與「小三」之間的故事。不笑的閻羅王臉上閃過一絲微笑，分別判給他們三人天庭的交通工具，依次是：賓士汽車、裕隆汽車、摩托車。有一天（故事總是發生在有一天），開著賓士汽車已經一段時間的A，突然將車開到路旁，趴在駕駛盤上放聲痛哭。請問他看到什麼或想到什麼，為什麼哭得這麼傷心？

學生甲說，我知道，他想到父母，開這麼好的車子，竟然無法讓自己的父母也一起享受舒適的生活，所以他難過得哭了！

學生乙說，應該是難過只有香車沒有美人吧！前世沒有，此刻的天庭也沒有，懊悔白白過了這一生。

學生丙說，哭，不一定是傷心，他一定是看到了人間難得一見的雙層彩虹，因為美而震撼。

學生丁，進入社會又回到學校的他，很正經地說，老師，他剛剛看見他太太騎著一輛新腳踏車竄進巷道。聽他這一說，我們都大笑了。我說，沒錯，你適合說冷笑話；丙卻是可以寫新詩的人；乙適合推展故事，鋪陳情節；甲呢？寫抒情的散文吧！

在賓士汽車與腳踏車之間形成的落差，我們都可以發現冷笑話的創意，而在冷笑話的創意裡，挖掘到人性殘酷而真實的本質，因為這種本質的認識，或許稍稍可以理解

「道德是提升自己的明燈，不是喝斥別人的鞭子。」

今日之水不復昨日之水

Siu的一聲，民國一百年過去了，真的過去了，以前很多人面對不可能實現的諾言，都會說：「民國一百年再說啦！」而民國一百年竟然來了而且Siu的一聲過去了，下次面對不一定能兌現的支票，面對「空嘴哺舌」的大話，我們要把時間定在哪一年，我們認為不一定會來卻也可能真的來的、類似民國一百年的哪個定點？

Siu的一聲，壬辰年的立春日，早在元宵節之前就已過去了！真的翔龍升空、飛龍在天了！

Siu的那一聲，有時要聽卻不一定聽得到，看看聽聽，不是這樣嗎？二月已過半，去冬的落葉早已化作今春的塵泥，而你聽到那一聲比風還輕、比雲還淡、比無奈還無奈的Siu Siu之聲嗎？

時間，到底長什麼樣的臉、什麼樣的腳，為什麼來去往往無聲，沒人知道。黑髮／白髮，嫩芽／落葉，寶藍／墨綠，晨曦／晚霞，誰才是時間可能的那張臉？你選擇哪種色光代表時光？很多人喜歡指著斑剝的牆垣，老人多皺紋多瘢痕的面頰，說：那就是時間的樣子，大家最直截了當的想法，時間——老人，時間是很老很老的老人。到底多老，那就不用問了，他應該看過我們沒看過的盤古在開天闢地，見過摶土造人、煉石補天的女媧，甚至於未來，他還可能目睹隕石撞地球，宇宙大崩解，那時，時間老人他又會去哪裡呢？——想來也好笑，那時，問這話的人早已不知去了哪裡，竟然還為時間老人去了哪裡而焦急。

人，不都是這樣嗎？常常焦急地問人家：我還有多少時間？這些「人家」，包括催稿的主編、會議的主席、競賽的主辦單位、執事的主管，有趣的是，他們都有一個「主」字頭銜，不過，被問最多的應該是主治醫師（頭銜裡還真的有「主」），有些醫師還真的以為自己跟時間老人很熟，果斷地跟這些心中無主的患者說：「三個月」。我有個朋友就曾焦急地問過醫師：「我還有多少時間？」他的主治醫師果真給他三個月的答案，他在那當下反而不焦急了，三個月，九十一天，兩千一百八十多個小時耶，他想：兩小時可以欣賞一部影片，十分鐘可以閱讀四百個字，三十秒可以泡一壺茶，三分之一秒可以升起一念，一念，胡適曾說：「一秒鐘行五十萬里的無線電，總比不上我區區的心頭一念！」胡適這心頭一念，「才從竹竿巷，忽到竹竿尖；／忽在赫貞江上，忽在凱約湖邊。」胡適最後這樣說：「我若真個害刻骨的相思，便一分鐘繞遍地球三千萬轉！」一念裡的一分鐘可以繞遍地球三千萬轉，還有三個月的那位朋友，至少到現在十二年已經過去了，他仍然逍遙在山水田野間，偶爾跟我們一樣也有一些人世的生老病死要他五味雜陳，還有一些塵俗的愛恨情仇要他面壁懺悔或對空偷笑，可見他那一念裡的刻骨相思，還在地球表面上繞著不知第幾回合的三千萬轉！

小時候我們都讀過「光陰似箭，日月如梭」，而且嫻熟地使用在每一篇習作的開頭，彷彿不寫下這八個字就不知道怎麼下筆，一旦寫下這八個字，有如神助，我們總可以適時切入正題，言歸正傳，隨意揮灑。想想也對，世間上哪一個人、哪一件事，不跟時間緊密相連？隨便舉一首詩，總要跟春夏秋冬的某一季、桂月杏月菊月霜月的某一月、童年少年青年中年老年的某一年齡層相關，至少也可以辨明清晨、正午、黃昏、深夜的某一個時間點，即使變換為「長歌吟松風，曲盡河星稀」、「燕草如碧絲，秦桑低綠枝」，總是輕易地讓人指認情意寄託的那個時間點、關鍵性的某一時刻。甚至於「光陰似箭，日月如梭」裡的「光陰」是晴光與暗陰反義詞的結合，「日月」的日與月不也是相對的天體，相反相對的兩個字，日與月、光與陰，一經結合，竟然成為一個快速的集合詞，其實也惹人沉思。而且，時代越進步，科學越發達，「光陰似箭」的箭已經由火箭（rocket）代替了竹箭，「日月如梭」的梭，顯然不織布了，而是太空梭（space shuttle）的梭了，這時的速度是一秒一點六八公里以上的速度了！是不是更接近真正時間的速度？或者仍然望「時間」之塵而莫及？

光陰似箭進步為光陰像火箭，日月如梭進步為日月像太空梭，火箭、太空梭一去不回，即使回來也不會是原來那火箭、那太空梭，時間流逝、飛逝，不可回逆，孔子早就體悟了：「逝者如斯乎，不舍晝夜。」古希臘的哲人也有相同的體會：「濯足在急流中，抽足再入，已非前水。」我們說今日之水不復昨日之水，已經非常客氣了，希臘哲人說的是「抽足再入，已非前水」，那可是兩三秒間的事啊！

不過，孔子說：「逝者如斯夫，不舍晝夜」。只是面對流水、時間所做的一番感慨嗎？如果只是慨嘆一回，孔子未免也太消極了，我倒是非常喜歡蘇東坡在〈赤壁賦〉裡說的「逝者如斯，而未嘗往也。」孔子看見流水一去不回的現象，但蘇東坡看見流水作為水的本體；孔子看見流水一去不回的不可逆性，但蘇東坡看見流水作為水的可循環性的本質，水，可以是液態的流水，可以是固態的堅冰，更可以是氣態的流雲啊！現象在變、在循環，本體、本質卻是不變的。

孔子真的沒看見水的這種本質嗎？其實，「逝」這個字，《說文解字》說是「往也」，我們都接受這種說解。但《廣雅．釋詁》說是「行也」，若是，孔子說的是：「行者如斯乎，不舍晝夜。」有多少人看見流水時，發誓要像流水一樣，晝夜不停，做一位永遠的「行者」！

作為一位真正的「行者」，今日之水就不復是昨日之水了！

所以，我們看清了時間的「三態」嗎？過去，是固態，過去的一切堅固如冰如鐵，不可更易，面對過去，我們可以反思，卻不需要一直嗟嘆。現在，是氣態，現在只存在一呼一吸之間，稍縱即逝，唯一我們可以把握的就是這一呼一吸之間的現在。至於未來，那是水最常見的液態，Siu Siu 一直來。但是，如果沒有把握好一呼一吸，忘了呼吸，個人的未來也就不來了！

流浪，理直氣壯

最近重新翻閱楚戈先生的插畫集，二〇〇六年他的插畫收集成書，一冊叫做《想像，不需翻譯》，另一冊是《流浪，理直氣壯》，他的插畫往往以毫不在乎、或者說毫無規則的線條，如風一般穿梭，一筆畫似的呈現他對生命本質的體會。這些插畫是成長過程中時時牽引我們心靈視野的圖繪，那時，我們還是文藝青年，一直到我們都已中年了，《創世紀》出版的詩刊、詩集，依然有他那隨興勾勒、轉折、連綴的插畫，線條隨意曲繞，看來卻似乎又有一些自然的靈動，或者說是一種靈性在伸延吧！令人不自覺隨其筆端觸發無限幽思。他所寫的考古知識，對商周銅器的獨到見解，那麼深奧的專門學問，一如上古的器皿、遙遠的王侯手澤，我們無緣親炙，無法企及。但這些靈動的線條卻是不需翻譯，屬於他的、也屬於我們的想像，即目即是，即心即理，那麼直接。

想像，不需翻譯。就像幾米的漫畫總是讓人會心一笑，或者絞心一痛，更多的是瀰滿畫中，也瀰滿心中，那淡淡的惆悵感；或者就像某些音樂大師、某些美術經典，可以無分國界相互欣賞，彷彿音符、色彩身上自動攜帶翻譯機，童少年可以欣賞，老中青同聲讚歎，親愛的同胞看得懂，外籍人士也知道幾度點頭、微笑，有趣的是，點頭、微笑也跟想像一樣，不需要翻譯。

愛因斯坦（Albert Einstein，一八七九—一九五五）曾說：「想像力比知識更重要，因為知識是有限的，想像力是無窮的。」有限的知識可以搜尋、可以google，可以辨識對或錯；無窮的想像，卻是無法追蹤，而且也無所謂對、錯。譬如一個常用google在google的現代人，可以讓自己誤入乾隆後期的年代，步步驚心，在雍正宮裡與皇帝轟轟烈烈談一場戀愛，而歷史未曾改變，自己仍然回到現代繼續google清宮祕史，誰能說這樣的想像是對或錯？再譬如，孔子有三千名學生、七十二賢人，誰能保證排名第七十三的賢人，不會跳到現代，自號子慧或子懷，透露一些孔子的祕辛，包括三千名學生自行奉上的束脩（十條肉乾），總數三萬條，有沒有瘦肉精的問題、收藏或防腐的問題，可曾商請子貢加以再製、行銷？來得及幫助一簞食一瓢飲而不改其樂的顏回嗎？還有子路，子路被剁成肉醬而死，覆醢之後，孔子如何面對剩下來的肉乾？

想像力是無窮的，而且無所謂對或錯。

當然也不需要翻譯。

這種不需要翻譯的「想像」，不就是一種智慧的流浪、心靈的流浪？「想像」永遠不能定於一止，不僅上山下海，還要飛天入地，不僅飛天入地，還要穿古越今，甚至於侵門踏戶、侵入其他人的心靈、縝密的思維之網裡。——這不就是一種流浪嗎？

流浪就是「去熟悉化」、「陌生化」，本來住得好好的地方，待得很好的職場，就是要丟棄，要遠離，要去嘗試各種可能，更重要的是去嘗試不可能。城裡的人要去鄉間看看，那是郊遊；城裡的人不一定是去鄉間看看，不知道到哪裡、做什麼，這才是流浪。

誰該去流浪？誰都該去流浪。

舒國治在他的《流浪集：也及走路、喝茶與睡覺》（臺北：大塊文化，二〇〇六）中說：「須知得道高僧亦不時尋覓三兩座安靜寺廟來移換棲身。何也？方丈一室，不宜久居；住持一職，不宜久擁；脫身也，趨幽也，甚至，避禍也。」連得道高僧都要行腳八方，何況是為尋師求法而雲遊四方的一般僧侶，連僧侶都要雲遊四方，何況是隨時都在思考脫困、避禍的人生，隨時都要從這方搬遷到彼方，顧也顧不得綠草蒼蒼、白霧茫茫、有位佳人在水一方。

其實，真正的流浪是不設定任何方向的，如同鄭愁予的〈偈〉所說：「這土地我一方來／將八方離去」。

八方、十方，不就是無方嗎？那就理直氣壯，八方、十方，不加揀擇，流浪去吧！

宋朝蘇東坡：「此生流浪隨蒼溟，偶然相值兩浮萍。」（〈芙蓉城〉詩）那是對「愛別離」的慨嘆，偶然相遇、倏然相別的宿命惆悵，沒錯，一生都在天地蒼溟之間流浪，固然是生命的悲哀，但對於長久蝸居一隅，長久為瑣事所困的人，何妨「此時流浪隨蒼溟」！「此生流浪」是悲，「此時流浪」卻可以轉悲為喜，療傷復健。

為了身心安康，身心都該理直氣壯去流浪！在不可知的，空間維與時間維交錯的地方，隨悲隨喜，撞見自己。

新起點・新亮點

最近喜歡上一句話：「以生命的巔峰處作為出發點。」可以想像說這句話時，那種自得、自信，充滿決志與毅力的樣子，好像一頭獅子發出吼聲後的霹靂速度，誰也擋不住那氣勢。

當然，正像無法預測的股票谷底，誰敢說，此刻、當下、現茲時，就是生命璀璨的巔峰期？

雖然這是無法判定的小小疑惑，不過還是有一些「點」可以作為階段性的巔峰處吧！譬如拿到碩博士學位的那一天，即言我要出發再精進；升處長的那一天，就說我要將本處帶向別處所不能及的所在。

一般人真的很難在巔峰期的當下，許下一個更宏遠的計畫，作為另一次遠征的出發點。以養生這件事來看，總要身體出了問題、三高超出標準值了，才會尋找如何回復以前的健康。總是過了五、六十歲，才會討論如何健身，吃什麼才對。會有真正的智者在

二、三十歲時，體力的巔峰期，就注意如何保養身體，讓自己的身體維持在巔峰狀態？據瑜伽老師說，如果你在三十歲時練瑜伽，有恆地鍛鍊自己，你的體力就可以長期維持在三十歲的年紀。

我不是智者，但我參加了「新起點健康生活計畫」這個活動，因為過了五、六十歲的年紀才接觸，所以，怎麼說都不能算是智者，隨著家人報名而報名，參加了以後才知道「新起點」這三個字是英文「NEW START」的翻譯，重要的是這八個字母隱藏了八大健康律，值得喚醒大家注意。

Nutrition（營養）
Exercise（運動）
Water（水）
Sunlight（陽光）
Temperance（節制）
Air（空氣）
Rest（休息）
Trust（心靈依靠）

「新起點」是強調貼近自然的自然療癒法，首先需要改變的是原有的不正確觀念、不正確行為，他們相信「思想引導行為，行為養成習慣，習慣造就個性，個性影響命運」，遵循這八大健康律過生活，大家所最掛心的「減肥」可以事半功倍，堅持下去，更能藉由「新起點」自然療法贏得一生的健康。

Nutrition 營養：

這八大健康律最主要的核心觀念是Nutrition（營養），早在二千五百多年前，被稱為醫學鼻祖的希波克拉底（約西元前四六〇—三七〇），古希臘伯里克利時代的醫師，當時醫學並不發達，他卻能將醫學脫離巫術與哲學，獨立而為專業學科，他曾提出這樣的理念：如果你生病了，你的藥物應該就是你的食物。藥物不能隨便亂吃，食物當然也是。「新起點」所認可的食物，包括四大類型：一、各種蔬菜、水果（蔬果分食，早餐吃水果就不吃蔬菜，午餐吃蔬菜就不吃水果），二、五穀類（全麥麵包、糙米最佳，不吃白麵包、白米飯），三、各種豆類、豆腐、豆漿等等（提供蛋白質），四、堅果類（提供油脂），每餐都要食用這四大類型的食物，最好也依照這個順序來享用，但堅決不吃動物肉體、不吃精製食品。就「不吃動物肉體」這項來看，與佛教徒的素食信仰相類近，但「新起點」不避蔥、蒜、九層塔、芫荽等溫和草本調味品。佛教徒主張素食的出發點是不殺生，創立「新起點」的基督復臨安息日會是為了身體健康，因為人的身體是神的殿堂，要有健康的身體才能為神做事。

這種食物的營養觀念是健康生活計畫的主軸，七天的課程反覆以影片、演說教學、料理示範，交替演出，學員們實際享用，親自體驗，大家都覺得正確的吃素並沒有想像中那麼乏味、單調，每餐色、香、味俱全，吃得飽足，體重在七天中幾乎都減了一至二公斤。

Exercise 運動：

人是動物，所以，活動就成為我們生存的定律，不動，是釀成疾病的主要原因之一。運動有許多好處：增加並調和血液循環，加強細胞補給與清除廢物的能力，能使肌肉結實、骨骼強化，進一步強化心臟能力、肺活量、免疫系統。另外，運動會促使大腦分泌一種類似嗎啡的荷爾蒙（Endorphins），可以消除肌肉緊繃，讓人心情輕鬆愉悅，減少憂慮及壓力。在魚池鄉的這幾天，一大早我們就繞著廣大的神學院校園以最標準的姿勢快步走，這也是我留在明道校園時的例行運動，太陽剛剛出來，樹葉、草葉開始行光合作用，山中草原的空氣正新鮮，比起在運動中心跑步機上的原地踏步，更多變化，碰到熟悉的學員互相問安，互相鼓舞，直到微喘、微汗，對我來說，一天的運動量也許就已足夠了，有些朋友還利用課餘時間，換裝游泳，讓人佩服。

Water 水：

地球表面約有三分之二是水，有水流過的地方就有生命、就有文明。人體裡面水分占了70％左右，存在於血液與各組織器官中，水分可以溶解並運送營養素，也可以排出老舊廢物與毒素，是十分方便的運輸工具。政治紛爭時常有人以絕食抗議，但絕食的人可以幾天不進食，卻不能一天不喝水，所以正常的人應該像電視廣告說的「沒事多喝水，多喝水沒事」，特別是晨起時，空腹先喝五百CC的水，可以讓人生暢順；睡前三十分鐘喝一杯開水（三百CC），可以幫助皮膚柔嫩光滑。餐前一個小時也要喝五百CC的水，可以沖淡胃酸、增強大小腸蠕動。

多喝水可以排尿、排汗、排毒，這是揚州人白天「皮包水」的效果，揚州人晚上還要能「水包皮」，才算是美好的一天，「水包皮」說的是熱水浴、冷水浴交互運作的家庭水療法，或是冰濕毛巾摩擦法，都有促進血液循環的功效。

Sunshine 陽光：

世上所有的生物都需要陽光，久暫不同而已，樹與草，一曬就是整整一天，活得蒼翠又有勁。人類，只要每天讓陽光照射十五分鐘，就能得到充足的維他命D，可以預防骨質疏鬆，平衡膽固醇。陽光具有殺菌、抗病毒能力，能讓身體產生抑制癌症的抗體，還能降低血糖、血壓，增加紅血球帶氧能力，強化心肌力量，促進肝功能運作。最好的曬太陽時間是上午十點以前、下午四點以後，但要避開中午陽光最熾熱的時刻，以免皮膚致癌，這也是一種節制。

曬太陽的缺點是皮膚會變得黝黑，我的臉比起其他同事顯然又黑又紅，我常自嘲，同樣曬太陽，皮膚曬黑了，頭髮為什麼卻越曬越白？

Temperance 節制：

「新起點」認為現代人藉由菸、酒和咖啡因（茶或咖啡）來提神或紓解壓力，是不正確的，應該盡量加以節制，若能戒除當然更好。甚至於看起來有益的事物，例如飲食、視聽、運動、工作、睡眠等，同樣也應該有所節制，所謂過猶不及，維持中庸之道才是正途。另一種節制是量的節制，每餐六分飽、七分飽就可以了，吃齋的朋友跟我說：多餘的三分、四分，留給地球上更多需要的人或動物。

節制是一種內心的自我反省、自我約束，一個人是否禁得起美食的誘惑，是生活上的節制，同時也可以視為道德上的自我要求。曾經多次參加這種健康生活計畫的朋友說，離開新起點健康生活營還能堅持這種生活方式，其實就是自我要求成功的人，這個人的事業應該也會是享有成就的人。

Air 空氣：

沒有食物可以存活一些時日，沒有水可以存活一兩天，沒有空氣，那就只剩兩三分鐘而已。

所謂空氣，其實指的是新鮮的氧氣，因此，離開城市，到山上、海邊、農村、鄉野、溪畔、公園，深深呼吸帶有負離子的新鮮空氣，對現代人來說非常必要。負離子是「空氣中的維生素」，對人體有淨化血液、活化細胞、增強免疫力、調整自律神經等好處。呼吸新鮮的空氣就會有優良的血液，優良的血液才會是生命的泉源，才會有寫意的人生。

Rest 休息：

休息是一種有價值的治療。「過勞死」的新聞，提醒大家休息的重要性。中醫、西醫都認為睡眠是最必要的一種休息，而且應在午夜來臨前就寢，晚上九點以後所睡的一個小時要勝過午夜後的兩個小時，一般認為休眠越規律，越能獲得深層睡眠的良好品質，這時大腦得到徹底的休養，第二天越能展現大腦的精準判定。

魚池鄉的三育健康中心離市區很遠，房間內沒有電視，我們真的早早就休眠了。回到家，不知有多少人能拒絕電視、電腦的誘惑？好在，除了睡覺外，靜思、聽音樂、繪畫、園藝、看書、郊遊、與寵物玩耍等也算是另一種休息，這樣的休息方式，或許可以免除墮落的罪惡感吧！

Trust 心靈依靠：

一個擁有健康身體的人，如果仍然心存憂慮、恐懼、怨恨、厭惡、空虛等不良情緒，算不得是健康，因為這種負面的情緒，會立即影響肉體。如何消除這種負面的情緒，為自己找到身心靈可以安頓、可以信靠的所在，「Trust in God」，那就看個人的信念與機緣吧！

有人以生命的巔峰處作為出發點，在你自己的生命現場，你為自己找到什麼樣的新起點、新亮點？如何堅持自己的理想，掌握好自己的節制力？六個月過去了，我可以自豪地說：我還走在新起點的路上，而且還會繼續走著。

千尺水簾今古無人能手捲

文言的精簡，白話的舒暢，在日常生活中其實我們都能流利轉換，自由輪轉的程度彷彿國語和臺語、或國語與客語、普通話與南島語系原住民的話，二者之間的契合，所謂文白夾雜，對二十一世紀的知識分子來說，幾乎不構成閱讀與言說的障礙，而且還可以隨意進出，自由轉機。以我最近寫的一篇論文來說，題目就叫〈不容所以相濟〉，論述一位新詩人作品中的水文明發展，沒有人質疑我「不容」是什麼意思、「相濟」又是何所指？我問過學生，〈不容所以相濟〉這個題目會探討什麼，學生都能準確地說出，就是水與火這兩種元素如何從不容到相濟的可能歷程。不是嗎？很多事情其實都可以這樣思考，不要一直注視著彼此的不同，轉個彎，是的，轉個彎就風清月明了。不容所以相濟，不就因為不同才有相互補足的空間嗎？文白之文如此，國臺之語也這樣啊！

「千尺水簾，今古無人能手捲」，讀到這樣的句子，彷彿面對的是十分寮瀑布、黃果樹瀑布、尼加拉瓜瀑布，不自覺會發出來的讚歎，這時不會有人以白話說：啊！這麼寬、這麼高的水簾子，自古以來誰能徒手將它捲回去呢？不會有人真這樣問，也不會有人認真思考誰能如此。這句話讚歎的是天地的雄偉、神奇，顯現的是人類的謙卑，或者，我們量力而為的哲學。同時，我們「同時」能清楚地辨識，眼睛看的是文言的「千尺水簾，今古無人能手捲」，心裡所興起的讚歎卻是白話的「誰能捲起這麼宏偉的水簾」？繼續擴散的回聲，仍然是白話的「誰能捲起這麼宏偉的水簾」！思維的是，面對天地我們怎能不虛懷相待！這些言與思，都是「同時」、「同步」完成的，都是文白夾雜相互助成的。

讀中文系的朋友，或者小時候曾經隨父母背誦古詩詞的人，對《聲律啟蒙》裡的句子應該十分熟悉：

雲對雨，雪對風，
晚照對晴空。
來鴻對去燕，宿鳥對鳴蟲。
三尺劍，六鈞弓，
嶺北對江東。
人間清暑殿，天上廣寒宮。

夾岸曉煙楊柳綠，滿園春雨杏花紅。
兩鬢風霜途次早行之客；一蓑煙雨溪邊晚釣之翁。

滾瓜爛熟一樣，背誦這些大自然的風雲煙雨、楊柳燕鶯，應該是一種極大的享受，比起背誦《三字經》、《百家姓》、《千字文》、《千家詩》，甚至於《易經》，是要輕鬆多了，何況《聲律啟蒙》裡的句子都是字句偶等、對仗工整、聲韻諧和，而且由簡入繁，適合學習者的心理發展，可以在三、四對，或一、兩對的地方任意歇息，比起五絕、七絕需要整首詩字句間的體會，適意多了。

很小很小的年紀，隨父母在黃昏的公園跑跳，看見流雲飄空、彩霞滿天，說不定就會迸出「雲對雨，雪對風」，「晚照對晴空」的句子，引來讚歎與嘉許；再大一點，還是黃昏以後的公園，只是對象變成同年紀的異性朋友（或者同性朋友），「來鴻對去燕，宿鳥對鳴蟲」，「人間清暑殿，天上廣寒宮」，脫口而出，說不定又開展出新話題，優雅了個人的氣質，高雅了周遭的氛圍。再老一點，同一個公園的黃昏，獨自想起中壯年時風塵僕僕，是「兩鬢風霜途次早行之客」，一晃已然「一蓑煙雨溪邊晚釣之翁」了，這時可能遇上「塵慮縈心，懶撫七弦綠綺；霜華滿鬢，羞看百煉青銅」的另一個老翁，二老對坐，不妨一起感嘆「女子眉纖，額下現一彎新月；男兒氣壯，胸中吐萬文長虹」的過往歲月。

或許你和你的朋友會笑說，這是不可能的場景！但是，請試著聽聽年輕一代的歌詞吧！方文山的〈大敦煌〉，從蔥青蔥白的臺灣寫到敦煌，從眼前的無緣共舞跳接到殘破的石窟、菩薩的說法圖，敲醒前世，轉動梵音，還有什麼不可能入鏡？

敦煌的駝鈴　隨風在飄零　那前世被敲醒
輪迴中的梵音　轉動不停
我用佛的大藏經　念你的名
輕輕呼喚我們的宿命
輕輕呼喚我們的宿命

殘破的石窟　千年的羞辱　遮蔽了日出
浮雲萬里橫渡　塵世的路
我用菩薩說法圖　為你演出
今生始終無緣的共舞
今生始終無緣的共舞

敦煌的風沙　淹沒了繁華　飄搖多少人家
一杯亂世的茶　狂飲而下
我用飛天的壁畫　描你的髮
描繪我那思念的臉頰
我在那敦煌臨摹菩薩
再用那佛法笑拈天下

——方文山《中國風——歌詞裡的文字遊戲》，頁九十二

所以，我敢以「千尺水簾，今古無人能手捲」作為上聯，要求學生對出下聯，其實沒有什麼可怕的，從單句開始思考吧！「千尺水簾」，可對的多著哪！「萬里雲幕」啊！「一寸光陰」啊！「一朝風月」啊！「一片丹心」啊！「百世英豪」啊！「十里洋場」啊！甚至於「萬種風情」都可以試試，這些都是現成的成語，隨手拈來，就能轉化，不信？回頭看一下方文山的〈大敦煌〉，不是就有「千年羞辱」、「萬里浮雲」、「多少人家」、「一杯好茶」嗎？拿來整飭整飭、修飾修飾，自會有一片亮麗的視野，真的不一定要去理會清康熙三年進士車萬育（一六三二—一七〇五）的原有聲律，雖然

那是極佳的琢磨成果：

千尺水簾，今古無人能手捲；
一輪月鏡，乾坤何匠用功磨。

就因為喜歡「千尺水簾，今古無人能手捲」，我們可以因此翻轉出多少玄思妙想，多少玄思妙想激盪出的水花！

虎山行

暑假已經開始一個禮拜了，天氣在夏至之後、小暑之時，三伏天尚未到來，但報紙刊載：都市裡的大樹蔭不宜納涼，所以我選擇海拔三百六十五公尺的四獸山樹群底下健行，合該可以免除吸入不當的有毒物質。

依照慣例，我在後山埤站下車，通過玉成公園，到達慈惠宮登山口，登山口的嘴角邊立著紅色的大字牌「四獸山市民森林」，其後呈現雙叉路，最早的時候我隨大眾選擇一步一步拾階而上的左側路徑，這是步步登高熱門的路線，一分鐘後，回頭就可以俯瞰慈惠宮紅色的屋瓦，十五分鐘後就可以來到虎山步道與四獸山步道的分界處，往上直走是四獸山步道，所謂四獸山是指虎、豹、獅、象四座山，應該是山形、山勢頗有四獸的威儀而定名，一般人則認為這是守護臺北城東南角的四靈獸。直上四獸山步道，十五分鐘的陡升石階之後，可以縱走在山脊上，此處山脊應該屬於南港山，但步道上的花崗石都鐫刻著「四獸山自然步道」，往山腳看可以直視信義區、甚至於臺北市全貌，最遠處是林口臺地、觀音山、淡水河、出海口、陽明山，不用說一〇一大樓、圓山，他們一在你的左腳拇趾之下，一在你的右腳拇趾所指之處，臺北盆地盡在眼前呵！往南繼續挺進可以到達九五峰（海拔三百七十五公尺），這是南港山或者說四獸山步道最重要的指標，與九五至尊的帝王無關，但卻是楊森將軍九十五歲時（一九七四）以矯健的步伐曾經登臨的巨石，因此以九五為名，勒石為記，或許可以鼓舞久居城市的人嚮往九五高齡，那就常往森林中走動，常往那一方巨石親近吧！

最近這幾年，抵達「四獸山市民森林」下的雙叉路，我選擇右側陰涼的山徑，山徑幽雅，逆著虎山溪而上，陽光雖有，卻是從葉隙間篩落下來，或方或圓，微風吹動，樹影與光婆娑挪移，即使是七月驕陽也變成會撒嬌的太陽了。更重要的是，臺灣溪谷百分之八、九十都是旱溪、礁溪，除非獅豹雨、颱風季，否則終年乾旱，難得一聞溪水淙淙的美好慢跑聲，這條窄窄的虎山溪正是那少數涓涓不絕的小溪流，可以聽見樹上的蟬鳴、葉尖的風聲，和著溪水愉快的淙淙聲。尤其整治後的虎山溪，已經沒有虎與山的威猛，虎山溪與虎雖然同屬貓科，卻是一隻溫馴的家貓，春夏之交的夜間，偶爾會有幾隻螢火蟲證明她的柔婉。深深呼吸時，深入肺葉的芬多精也可以作證，這是一條陰性的溪流，有著豐富的生態資源。

我選擇緣溪而行，沿路鋪著花崗岩階梯，塊塊刻著「虎山自然步道」，想要迷路也難，有時是華貴的扶手木梯，即使髮夾彎也陡度平緩，沿途許多上了年紀的人，或男或女，隨著音樂練功的練功、跳舞的跳舞，生氣盎然。我一向孤行獨航，總是踩著穩定的步伐直抵復興園才略事休息。一般人會在中途一塊平地上喘喘氣，這裡有一座開闊的大涼亭，有遮陰避雨的功用，還可以說說張家李家的長短，政治人物的功過是非，要不，看看陪自己來的小兒、稚孫、寵物，環繞著四根鐫刻虎、豹、獅、象的石柱嬉笑、奔跑，時時驚呼：小心！過來！別亂跑！都是樂事，只是還看不見山坳外的大塊市井圖。

復興園前才真的開闊，亭、園大方，視野清楚遼闊，這是山腰處，可以平視臺北盆地、一〇一大樓，更多的男女老幼在這裡歌舞昇平，瞭望西北，已然不知復興園所要復興的是什麼了！往南方望過去，奉天宮後方一條綠色山脊，隱然有著伏虎準備躍起的態勢，有人說，那就是虎山，不過，三十多年了，我看牠一直保持這個姿勢，連伸個懶腰也未曾。說不定，從那個山頭望過來，他們也會覺得慈惠堂後的這座峰嶺才是蓄勢待發的虎。

虎虎可以生風，但風起雲湧的年代似乎已不再了！

明知山無虎，偏向虎山行，我心中確知不是為了得虎子而來，踏著穩穩的步子我踅過復興園的龍邊，繼續向更深、更沉靜的山坳前進，那裡有長型的涼亭、簡易的運動器材，通常我會在那裡——生態教育園區徘徊比較長的時間，有時仰臥起坐，有時引長呼吸，有時拉拉雙環延展筋骨，然後下山，回到紅塵俗世，不能知道自己是拉長後的自己，還是又縮回了原有的型號！

淺山深處

七月五日這天禮拜五，臺北天氣晴，多雲，微風，我在小背包裡放著一壺白開水、一件T恤，穿著布鞋、七分褲，戴著太陽眼鏡，七點二十七分，捷運站的跑馬燈如是顯示，我出現在捷運忠孝敦化站。

其實，應該更早一點在捷運站出現，對一個晨起爬山的人來說，太陽剛剛浮上山頭，登山者就要備妥裝備在山腳，當植物可以行光合作用那一剎，及時跨出第一步，及時享受那一波一波湧來的新鮮的氧。這個時段登山的人最多，我往往錯過這種清爽，總是快八點了，陽光普照大地，我才胡塗好防曬油、戴好帽子，有時戴好帽子才發現沒塗防曬油，罷了，就素面出發吧！因此注定一臉黝黑。

走出後山埤站，通過玉成公園，不經選擇，緣著虎山溪向前行，花崗岩的步道讓人有著踏實的感覺，棧木式的走道可以發出木頭獨有的令人愉悅的聲音，淙淙的溪水聲雖然在三、四百公尺後隱入草叢而消失，蟲鳴鳥叫一直在，其他山客的喘息聲、風聲，偶爾還是會在耳際飄過。走到復興園時，衣服已經濕透，一〇一大樓則被同一顆太陽曬得發亮。

虎山之行，不論我們走在多麼茂密的樹蔭底下，其實只是沿著臺北盆地這個「盆」的邊緣在縱走，稍微可以探頭的地方探頭看看，就可以看見許多房子呈供的屋頂，有人將屋頂說成天臺，想的還是這地方可以跟天一同視息吧！不過，從這山，海拔才三百多公尺的地方看屋頂，登山客才是可以頂天又立地的人，但是哪個登山客站在峰嶺會有站在天臺的得意呢？從這山望向那山，那山還比這山高哪！

很多人會將虎山復興園的小廣場當作一個重要的休憩點，或許就因為這裡可以往外看見都城，往內看見自己，尤其是流過許多汗之後的身體，微喘，有那麼一點疲累，而大地一直健在、一直承擔，都市一直蓬勃、一直挺立，活生生就亮在眼前，亮在心底。

復興園廣場逗留了十分鐘之後，我退回到生態教育園區，這裡看不到都城，但是可以調息，可以真正放鬆自己、向內省視自己、療癒自己。這裡是我以登山作為養生運動的最後一站。

通常這時我會換穿乾淨的T恤，準備下山。這一天打開小背包，我卻是拿出手機，看看時間，還早，不到九點，而且雲是淡的，風很輕，天氣微涼，我扣緊背包又踅往另一條上山的路，這結實的泥土路雜草沒徑，沒有了花崗石板，它會通向哪裡？我一面走一面想，竟然走到以繩索拉升自己的攀岩處，山壁陡直，且岩石大小錯落不齊，一條打結又打結的麻繩垂掛在岩石旁，我沉思：六十七歲的手臂還能拉上六十五公斤的身體嗎？如果懸空掛在半山腰，我又能呼喚誰？天，天在，地，地在，我，我在，你，那個可以解除我困境的你，在哪裡？真正危急的時候，到底要撥哪個號碼？一一二還是一一九？我望望岩石上空，葉隙間透露出些微的白雲、藍天，似乎攀爬過這一段十公尺的距離，就是山脊了，我把小背包甩向背後，拉著麻繩，顫顫，危危，踏上第一步，這時我心中清楚，不能有任何閃失，每一步都要踏實，因為前無朋，後無人，跌落下去，兩百公尺的深度沒有人知道你會如何。

是的，我終於將自己拉了上來，剛一站穩，就已發覺這裡還不是山稜線，還要一段垂直的攀爬才「可能」是大眾健行的花崗岩步道，但是前面另有一條泥土路，漫長伸向未知，寬度不到一尺，兩旁是同一品種的深綠小草，路上滿是落葉，似乎少有走踏的痕跡，但至少是平穩的。我決定走平穩的路，一路行走，一路窸窣，這山靜得可怕，回望走過的路沒有登山人繼續前來，這山路，顯然我是唯一的行者。眼睛看見的路的盡頭，絕不是盡頭，一個小小的轉折，縱落或攀爬，又有一段未可預知的旅程，有時大樹橫阻，你必須謙卑低頭，有時雜草低迷，你必須大膽撥尋。惹人恐慌的是，哪裡才是這山徑的盡頭？

手錶罷工的我，不知走了多久，屢屢前瞻後顧，後繼無人竟然比前無行者，更令人恐慌。

「你好，你怎麼一個人走那條路？」

眼前終於出現一個中年婦人，站在一條縱向的石板路上。

「我從慈惠堂那邊，一路走來的。」

「沒有人走那一條路的啦。六月中有個老先生，六十幾歲，從那兒摔下去，一個禮拜以後才找到遺體。」

「赫。」我想起我看過這則報導。「那怎麼回去慈惠宮？」

「從這裡下去，」她指著身後的路，「遇到廟，往回走，就對了。」

「往上呢？」

「往上十分鐘就可以到山頂，往左可以到九五峰，往右到拇指山。」

「那我隨妳往上爬，我回九五峰。」

接下來的她所說的十分鐘，我應該超過十五分鐘才完成。一階階的石板路只轉兩個彎就沒了，又是攀岩、拉繩，又是垂直的鐵梯，我手腳並用地爬，記著登山前輩告訴我的訣竅「三點不動一點動」，手腳左右四點只敢移動一點，繩索、樹根、岩縫，都是我著力的地方。

終於來到南港山山脊，「謝謝」，抬起頭來，她已在前往拇指山的半山腰間，離我三分鐘的階梯上向我揮手。

我轉往九五峰，最初的幾次提腳總是踢到石板側面，我乏了，我找了樹蔭，換上乾淨的T恤，回到忠孝敦化站已經十一點四十五分。

下午一場雷陣雨，應該沖刷了那六十幾歲老先生和我走過的痕跡。

天地之數起於牽牛

走在臺北街頭，總會遇到美麗的風景，有時是人文氣息濃厚的巷弄，有時是裝置雅緻的櫥窗，當然也會有亮人眼睛的青春男女和他們的笑聲，有時像玻璃叮噹，有時是玻璃碎裂。審閱研究生的論文，苦悶時多，幸福的是偶爾也能逢遇走在臺北街頭的那種可驚之豔。

有一次我提到「物」字，隨口說：景物、風物、器物都是物，動物、植物，也是物，還有，「人物」，你看連人也是物啊！——那「物」到底是什麼？仔細推究下去，「人」又是什麼？人與其他的物有著什麼樣的區別？

有時，人與物對舉，我們會說「物是人非」，其一為是，其一為非，在二分法中我們要區辨人與物應該有些不同，可見得人與物是相互對立的。但我們也自以為是，說「人乃萬物之靈」，認為人超越在萬物之上，聽起來很神，其實，人先要是萬物之一，才可能是萬物之靈，這時，人也不過是物，萬物中的一物而已。所以思考一下，人與物之間有著什麼樣的糾結？可以分理清楚嗎？

我提醒學生，寫論文很重要的一個靈感源頭是《說文解字》，因為字是人類文明最鮮明的符碼，尤其是漢字的象形特徵，可以啟發許多靈感，引向探索的新路。以「物」字來說，大部分的學生真會去翻閱《說文解字》，引用許慎說的這幾句：「物，萬物也。牛為大物，天地之數，起於牽牛，故从牛，勿聲。」可惜重點都放在說解「物」是指萬物，因為牛隻是人類生活中的龐然大物，所以用牛作為主要的意象代表，最後歸結為「物」是一個形聲字。這樣的說解，沒有引觸到文化的探索，因為跳過了「天地之數，起於牽牛」這一句，這一句的每一個字，大家都懂，但真的不清楚為什麼起於牽牛？

第一次看見學生不經意所引用的這句話，心中著實有些觸動，有些驚豔，牛是大牲，所以作為天地萬物這個物的象徵，這是早年學「文字學」所認知的事，記得當時老師還說：物件物件，「件」字從人也從牛，也因為牛代表大物，物體大所以可以細分，細分為不同的個體，那就是「件」字的意思。臺語慣用「物件」兩個字，「物件傳齊了嗎？」是含括了大大小小的東西。件，最後又演變成數算物品的量詞，一件衣服，一件麻煩事，具象抽象，都這樣量化了。所以，「物」可以細分為「件」，「牛」可以二分為「半」，都因為牛是大牲。——但為什麼天地之數，起於牽牛呢？

或許就依最普通的國民常識開始吧！國語說「民以食為天」，臺語說「吃飯皇帝大」，天夠大了吧！皇帝夠大了吧！但我們每日吃吃喝喝的飯、麵、粥，所謂的主食，卻可以跟他們比大，這些不都來自犁田耕土的牛隻？天地之數，起於牽牛，或許大家都從這種最扎實的民生經濟、最實際的五臟肚皮來思考，認為這就是正解，天經地義，何必引申論述！

「天地之數，起於牽牛」，我卻特別注意著「牽」這個動詞，牛是萬物之一，本來就在那裡，是因為人牽起了牛，世界才起了變化！

手，本來就在那裡，因為你牽起了手，所以波濤洶湧，漣漪不斷，一圈又一圈的恩怨情仇。

回首細想，牽牛，不是伏羲氏圈養野生動物成為家畜的最高成就嗎？豢養初期，牛羊豕野性仍在，當然東奔西突，人與牲畜需要一段時間才能相互適應，其時牛羊豕願意在一定的藩籬中追逐、或者願意靜下來看別的夥伴追逐，已經難能可貴了，誰願意讓人牽著走？願意讓人牽著走，那就是伏羲氏教人捕獲獵物、教人牧養的最高成就。

那時燧人氏已經教會人用火燒烤食物增添美味，有別於其他動物的生食習慣，伏羲氏進而還教人先要祭祖先、拜天地才可自己食用，這時候料理過的這些牛羊豕身體，特別稱為「牲」，活著的時候，我們養牠，這是「畜」，宰殺後用來祭祖，叫作「牲」，「牲畜、畜牲」裡的這兩個字是有所區別的，伏羲氏在飲食之前加入祭禮，與燧人氏的熟食衛生，也是有著層次上的不同的。與「牲」相關的另一個字是「犧」，「犧」是天子祭祀用的純色牛，「犧牲」都是牛字旁，不論毛色，牠們犧牲了自己的生命，替人類向天、向神祈福，上天賜福的對象卻是人類，以牛為代表的這些牲畜，活著的時候翻土犁田、看門拉車，臨終還要被宰殺，為人類祈求福祉，真是鞠躬盡瘁，死而不已啊！

許慎說「物」字是「從牛勿聲」，把它當作形聲字。我老師的老師王國維卻認為「物」字左邊的「牛」是象形字，右邊「勿」也是象形字，象的是旗桿上三條飄飛的旗——雜色之旗，因此兩個象形字結合起來的「物」是個會意字，指的是雜色之牛，剛好可以呼應「犧牲」的「牲」，「犧」是純色牛，極為罕見，為皇帝所專用，「牲」與「物」卻是雜色牛，舉目即是，普羅大眾所通用。王國維這樣的說解，也不牴牾「天地之數，起於牽牛」的說法，而且還將伏羲氏教人圈養動物的生活資訊，迅即提升為敬天愛祖的禮法教育，跟子貢「欲去告朔之餼羊」的慈悲心，孔子「爾愛其羊，我愛其禮」的崇禮觀，都能夠有所呼應。

牽牛，在伏羲氏馴服牛隻之後，神農氏更將牛牽來田中拉犁，人類的生活從逐水草而居的游牧方式，轉而為安土重遷的穩定型態，人牽著牛日出而作，牛伴著人日入而息，這樣的溫馨畫面，這樣的文明行徑，實實在在成為天地之數，大多數人類的共同命運、經驗與記憶，維繫在這個牽牛的動作上。所以，有人認為「天地之數，起於牽牛」的「數」是指「星紀」，因此「牽牛」是指牽牛星，也就不足為奇了。雖然這種曆法是周朝才有，而且也無法說明何以要提「牛為大物」，但牽牛星與織女星的定名不就應該歸根於於男耕女織的傳統農家生活？天地之「數」雖與年歲不一定相涉，但不論起於「牽牛」或者其後的牽牛星，仍然要回歸到以農為本的耕織生涯啊！

七月午後臺北常有雷陣雨，有一次我獨上近郊的虎山，就遇到了有一陣沒一陣的雷雨，沒帶傘的我只能暫棲在一個半月型的亭子裡，二〇一一清晰在眼前，親人在無法瞭望的遠方。雨水、汗水、欲出未出的淚水、磨破皮還有一點汙痕的血水，在這寂靜獨享的空間，都湧了上來。那時，我不讓自己情緒因此低落，故意讓自己理性思考一些無謂的連結，我想，努力寫一輩子淚水的，應該是抒情文高手；為汗水而揮筆的，是寫實大家；為血水而創作的，那是深刻的生命書寫。這時，我又想，有沒有人寫雨水呢？只有農夫嗎？寫溪水的，應該是眷戀家鄉的人；寫湖水、潭水的，喜歡寧靜；寫江水的，喜歡奔騰；寫河水的，嚮往遠方。是的，臺灣缺乏寫海水的，如果能多看海水、多想海洋，多一些寫海水的，臺灣人的胸懷應該會有些不同。

想到這，雨停了，我好像撿到便宜那樣喜孜孜地下山，沒有再想海水的鼓盪。

下山後，我審視磨破皮的手，還有一點血漬，腦海裡忽然又聯繫起山上的聯想，不同的是，我將血水改成了血液，誰會寫血液？誰會寫唾液？盪開之後，我想的是誰會寫尿液？體液？誰寫精液？

從純情的淚水，竟然可以跳接到情色的精液，我想我還是離開電腦鍵盤，去翻閱《說文解字》，請教許慎：「水」與「液」本質上有著什麼樣的不同吧！至少，我已經沒有牽牛的機會了。

高鐵所隱藏的卦象

高速鐵路正式通車，這是二〇〇七年開年後臺灣最大的盛事，雖然這件事已經傳述了好多年，大家還是很興奮。我就曾多次邀約朋友、學生，登上八卦山的胸部，號稱是「銀河鐵道」的地方，假裝自己是銀河上的星星，俯望著鐵道上的子彈列車風馳電掣，那時只是試車階段，響聲微微傳來，歡呼聲已響起，歡呼聲剛響起，列車卻已消失在夜幕中，永遠引觸著莫名的興奮，那神祕的列車，就是這樣令人興奮。

只是這樣的興奮也像列車的速度一樣，一閃即逝，繼之而起的竟然是小小的失望：行車八十分鐘，現場卻要排隊幾十分鐘才能買好一張票！排隊的時間已經可以搭自強號到高雄嘆個氣，再去找文化局長路寒袖談詩了！這樣的規矩，只有排隊兩小時、看病兩分鐘的健保門診差堪比擬。

我們到底會失望多久？誰也回答不了。

當大家失望時，我卻獨獨對臺灣高鐵的Logo產生興趣，原來的圖案是一個實像的高鐵列車，放棄了，換了這個抽象的設計，彷彿有著向西飛奔而去的感覺。是不是意味著：現實生活裡，我們需要保持一些深入現實而後超越現實的想像能量？放棄實像高鐵，想像更有飛躍的可能；放棄實像生活，我們更可以優遊自在。如果真是這樣，坐在高鐵裡，速度改變了空間距離，也改變了心靈距離，是不是也改變了想像騰越的速度，從而也改變了文學藝術的質感和思路？

甚至於還有人從這個Logo裡看到了卦象，到底是哪一卦呢？不同的想像能力會有不同的卦象解讀，有人否，有人泰，我們又何必盡在別人想像的卦象裡隨他剝來復去？

不然你想，最下面那三紅、三灰，你要看成是兩個乾卦、還是一個坤卦？最上面似斷又連又該如何與卦象相繫相連？

以這樣的方式去推斷高鐵的命運如何，那是玄學之說，不盡可信。但是這種想像力的試探，卻是文學藝術所最為鼓勵與推崇的；而最下面那三紅、三灰，是兩個乾三連、還是一個坤六斷，則是人生哲理的抉擇與判斷。

那三紅、三灰，是不是很像一個「非」字？仔細看「非」字，是左三連、右三連的兩個乾卦，中間那兩豎彷若楚河漢界，將左右分得清清楚楚，左是乾，右也是乾，左右各有一片天，未嘗不是好事！但是，抽離那兩豎，左右共和，不就是一個清清楚楚的坤卦嗎？那又是一片和睦的廣土大地，另一件好事！面對這樣的思考格局，你會有什麼樣的抉擇或判斷？

一個「非」字潛藏著「坤」和「乾」，這樣的玄機卻也是令人意料之外啊！

日本名古屋大學畢業的詩人劉哲廷曾以許多「是」字排成「非」字，形成一首圖像詩：

是　是　　是是
是　是　　是
是　是　　是
是是是是是是是是是是是是
是是是是是是是是是是是是
是　是　　是
是　是　　是
是　是　　是是

政客們每天只在口頭上敷衍著「是是是」，卻永遠做著「非」的事情。這首詩就題作〈政客的一貫路線〉，可以讓我們一起思考：是／非、乾／坤、高速／低速之間，其中真有一貫路線嗎？

多少年以後，高鐵已成為臺灣最敏感的神經，買票的規畫、優待，極具規模，對於老年人或需要協助上下車的遊客，都有周全的內部繫連，令人窩心。是不是，換個角度、換個走向才是我們應有的一貫路線？這樣的溫馨祕密，政客們卻不容易找到啊！

若不凝神專注則生命將一無所有

一、若不凝神專注則生命將一無所有

青少年的心，無邪；所以，笑，那麼狂野！

青少年的心，狂野；所以，笑，才會那麼無邪！

青少年的生命是可以任意揮灑的。

但是，看不見的時間卻也虎視眈眈——在我們的側翼，在我們的正前方，在我們吃飯穿衣的時候，在我們懈志喪氣的時候——隨時撲攫我們。

十四歲一下子就過去了，十五歲一下子就過去了，即使是最新的一年，春天的和暖總也容易消逝，何況是一天裡的清晨。

三分鐘可以記住兩個英文單字，我們幾曾利用生命裡許許多多的三分鐘？

四個小時可以閱讀一本散文集，我們安排過這樣的密集閱讀嗎？生命的長度，因為我們運動可以加長。何況生命的寬度，沒有任何先天的局限，我們又該如何拓展、拓寬，恢弘自己、亮麗自己？最簡單的數字演算，1的十次方，依然是1，永遠是1。卻也是停滯、毫無長進的1。

如果加上0.1呢？1.1的十次方，會是多少？拿起筆，算算看。實踐，立即行動，是生命恢弘的先決條件。

我算過，1.1的二次方是1.21，三次方是1.331，四次方是1.4641，看見嗎？數字以驚人的力量在遞增中。1.1的十次方，已經是2.5937424601這麼龐大而複雜的數字，是1的十次方的2.59倍了！

大家都以1的速度，無所變化在前進時，如果我們能每天增加0.1的努力，未來的展現無可限量。

如果懈志呢？即使只是懈志0.1，比同學少那麼一點，以0.9推進的十次方，竟然只剩下0.348678441！

應該十全十美的東西，折損十分之一，我們已經惋惜不已，如此遞減下去，竟然只剩下三折的價值。生命，容許這樣七折八扣嗎？

你我的生命，容許如此七零八落嗎？

若不凝神專注，則生命將一無所有。能有這種決志的人，絕不容許自己跟一般人一樣，永遠以1的一次方、十次方前進，即使是文學的創作，永遠1×1×1×1×1，缺少高潮、沒有起伏、無法懸宕、不能轉折，終究不是好作品，更何況是多采多姿的青春歲月。

請隨時凝神專注，增加那0.1，只是0.1，文學的皺褶、生命的彩度，就會有不同的折射光豔。

二、任人流連任人拿取的善書

往松山慈惠堂方向爬四獸山的登山口，短短一百公尺內有兩家賣豆花，一家賣帽子、枴杖之類的簡易登山用品，還有一家假日才營業的咖啡店，其他是小小的番薯湯、菜蔬瓜果的攤位，他們的店面沿路搭建、設攤、擺位，顯得狹長，他們的作息都跟登山的人一致，週休那兩日整天忙碌，還會有四、五輛發財車、摩托車載來各地南北貨、五金、乾糧，將市集拉成五百公尺長，一直拉到瑠公國中操場邊，熱鬧異常；登山客出現少的時段，他們乾脆自動歇業。我常常遇到所有店家都休息的時候，或許他們知道我是不會買東西的人。

只有一家狹長攤位，面積大約一坪大小（長是兩個榻榻米的長，寬是一個榻榻米的寬），有門、有窗、有燈，門窗四季敞開，燈則很少亮起，偶爾有一兩個人出入、翻尋，不見主人。我曾經進入兩次，帶回幾本善書。

朋友說：「你又不是佛教徒，為什麼要看佛經？」

我說：「你也不是義大利人，還不是常吃義大利麵！」

我相信持這種觀點的人應該很多，基督徒不會去看佛經，佛教徒也不作興看《聖經》，只是這樣是對，是錯？或許也是沒有定論的。

只是我喜歡有這樣供奉善書的地方，任人流連，任人拿取、傳播，不也是一種永不止息的愛？

三、沒有愛，我只是會鳴的鑼會響的鈸

以前有位非基督徒的朋友教我唱〈愛的真諦〉：「愛是恆久忍耐、又有恩慈，愛是

不嫉妒。愛是不自誇、不張狂，不做害羞的事，不求自己的益處，不輕易發怒，不計算人家的惡。不喜歡不義，只喜歡真理。凡事包容、凡事相信，凡事盼望、凡事忍耐，愛是永不止息。」我喜歡將「愛」具體化的這首歌，這首愛的歌，可以是對世人的大愛，也適用於兩人世界的男女情愛，好比說不輕易發怒，不隨意翻舊帳（計算人家的惡），如果沒做到，往往會繼之以爭吵。

我問朋友這歌詞出自哪裡？他說是《聖經》。

我說我知道是《聖經》，我想確知的是哪一部？

結果他搖搖頭，我也不了了之，十多年了，終究不曾查證。

最近參加聚會，又唱起了這首歌，我隨口問帶領唱聖歌的姊妹，她隨口就說〈哥林多前書〉十三章四—七節，回家一查，果真是一字不差。不過，最後那句「愛是永不止息」隸屬於第八節，拉到這首歌來作結語，不僅使整首歌有了很好的收束，而且還蕩出餘韻不盡的感覺，真是神來之筆！

但是最讓我驚喜的是，〈哥林多前書〉十三章一—三節：「我若能說萬人的方言、並天使的話語，卻沒有愛，我就成了鳴的鑼、響的鈸一般。我若有先知講道之能，也明白各樣的奧祕、各樣的知識，而且有全備的信，叫我能夠移山，卻沒有愛，我就算不得什麼。我若將所有的賙濟窮人，又捨己身叫人焚燒，卻沒有愛，仍然與我無益。」接下去才是「愛是恆久忍耐、又有恩慈」這一大段的歌。如果〈愛的真諦〉這首歌是格言式的哲理，那〈哥林多前書〉十三章一—三節的這段話，卻是頗具說服力的動人文學。沒有愛，我就只是會鳴的鑼、會響的鈸而已！沒有愛，我就只是侃侃而談、誇誇其談的政客而已！豈能不讓人儆醒？

沒錯，聰明的人已經想到「愛是永不止息」之後的〈哥林多前書〉又會說一些什麼？找部《聖經》看看，找幾本「善書」看看，才真知道愛是什麼，如何永不止息！

四、每天問候自己問候朋友：讀過書嗎？

吃飯，是一個泛稱，不一定指著現在正在進食飯粒這個動作。「吃過飯嗎？」如果我這樣問你，即使你早上喝豆漿，中午吃雜菜麵，一口飯都沒吃過，你的答案一定是：「吃過飯了。」

「吃過飯嗎？」——不是問你是否有吃飯的經驗，是問你上一餐吃過了嗎？

其實，我們更應該這樣問自己：「讀過書嗎？」——一樣不是在問自己上過學校否？問的是：最近讀了什麼書？

我們也應該這樣問候朋友：「最近讀了什麼書？」

飯每天一定要吃，就像太陽一定會從東邊升上來，讀書，其實也一樣。讀書、看書，本來就該是生活的一部分，就像享用三餐一般自然。

「讀過書嗎？」「最近讀了什麼書？」每天一定要這樣問候自己，問候朋友。

五、不要弓身處在知識的小窟洞裡

有一次在文藝營，三個組的導師聚在一起吃便當，我很快就把便當的菜啊飯啊吃了，正在收拾便當盒，小說組的導師說：蕭蕭，吃飯怎麼那麼快啊？我笑著說：窮人家的孩子嘛，就怕沒得吃。

對於知識，我們都是窮人家的孩子，就怕沒得吃。

試想：臺灣每年出版的書籍至少五千冊，我們買過幾冊，讀過幾冊？大學裡的科系一兩百個，我們頂多只讀過其中一個科系，頂多讓自己拿個雙學位。對於知識，我們不是窮人家的小孩嗎？人類的歷史有三千年的文字紀錄，地球的歷史以山河的變遷留下紋路，我們的眼睛、我們的手掌撫摸了幾朵雲、幾棵樹？我們的心，受過什麼樣的震撼，留下什麼樣的感觸？

窮啊！我們弓身處在知識的小窟洞裡。窘啊！面對浩瀚的知識，我們幾乎是一個無能的昏君。更不要說，累進知識、增長經驗、審慎判斷，才能形成的智慧，我們離智慧何其遙遠！

詩人葉維廉曾經提到「花開的聲音」，我們曾經靜下心來諦聽嗎？

多少編者蒐羅古今多少傑作，要牽引讀者從青春的迷惘走向未來的無限可能，要從文字的真與美，追尋生命的火炬，要將李白、杜甫、蘇東坡的精鍊詩詞，當代散文家的性靈感懷，累積為傳家傳世的珍寶。

他們為大家尋來珍饈佳餚，擺放在大家面前，一桌生命裡鮮美而營養的飯菜，「吃過飯嗎？」他們彷彿這樣說，「來呀！來吃飯！」我們還猶豫什麼呢？

讓我們以諦聽「花開的聲音」的那顆詩人的心，體會生命的美味！一起諦聽遠方星子的歌唱，一起觀賞遠方星子既靜而美，大雪紛飛。

時尚時尚以石為尚

「我找到了，你也可以找到」，這是給人信心、給人鼓舞的話語，這樣簡單的兩句話很可能為別人帶來新生命的體認。這兩句話，其實是基督教傳教廣告招貼，偶爾在街頭轉角的地方會與我們不期而遇。不是嗎？我找到了，你也可以找到。我找到了療癒的妙方，你也可以找到書寫的技巧。我找到了以布為衣的布衣哲學，你也可以找到以衣為布的後現代美學。我找到了去年遺失的心情，你找到了遺失更久的鬥志嗎？

我找到了，你還沒找到嗎？

沒錯，我正在教「廣告文案設計」，我找到了這樣精采的廣告語，提示給學生：

你給我們三十分鐘，我們給您全世界（張雅琴夜間新聞廣告詞）

鑽石恆久遠，一顆永流傳（A Diamond is Forever）（鑽石廣告詞）

科技始終來自於人性（Nokia廣告詞）

生命就應該浪費在美好的事物上（曼士德咖啡廣告詞）

我問學生：你們找到了嗎？學生興奮地搶答：我們也找到了！

人的能量，決定車的力量（光陽新一代一二五機車廣告詞）

風的方向，由我決定（Ford廣告詞）

世界其實很小，無限遼闊的是心（汽車廣告詞）

一顆豁達的心，可以經營無數的未來（汽車廣告詞）

這些詞語都頗富哲理，「心」的能量真的可以無限擴增。可是，為什麼都是汽車廣告啊？因為我們喜歡啊！「只要我喜歡，有什麼不可以！」說的也是，但是「腦」與「心」一樣，可以無限開發，我們繼續搜尋吧！

品客一口口，片刻不離手（品客食品）

只溶於口，不溶於手（M&M巧克力）

好東西要與好朋友分享（麥斯威爾咖啡）

終於，民以食為天的食品類也狠辣上市、相繼出現了。尤其是胖胖的小胖簡潔有力地說：「阿Q桶麵，狠辣上市」，大家都笑了。這不更印證了「我找到了，你也可以找到」這句話，實不我欺。

但是這樣的廣告語如何創造？目前最流行的、最常見的，應該是諧音的雙關語，以「狠辣上市」來說，說的是「麵」，卻也呼應著這種食品上市的火辣熱潮。再如一家螃蟹專賣店打出的廣告詞是「無蟹可及」，暗示消費者我們的螃蟹是「無懈可擊」，毫無缺點，卻也明告顧客任何一家的螃蟹都比不上我們家的肥美、新鮮，通俗明白的話語又能隱藏深深的意涵，最讓人激賞。

這就是潮流、時尚，當大家都在講「Fashion」，我們能不能真的「Hold」住時尚的精髓？時尚可能是新奇、庸俗、無理性，有時甚至於需要花費一筆金錢，但也有人以簡單為尚；有人喜歡奢華浪費，卻有人崇尚樸素節儉。哪一種才是時尚？時尚的方向或許多變，但大家無不「以時為尚」，「時尚」永遠會是大家注目的焦點。

正當我這樣說的時候，有位同學舉手：「老師，時尚時尚，以石為尚。我們可不可以拿這八個字來作為奇石展的廣告語？」

我說，很好啊！這就是諧音雙關，最古老的石頭當然可以成為最時髦的藝術品，奇石講究「皺、透、瘦、漏、醜」，有沒有發現這五個字也有聲韻上的聯繫，在美學研究裡，醜石反而成為時尚。

「那『和尚和尚，以荷為尚』，拿來作為荷畫展，如何？」另一個同學同理得證，找到切入點。他嚴肅地說，大家卻笑開了！

你們為什麼笑？我問。

和尚跟荷花，很難扯上關係。旁邊的女孩子轉著大眼睛說。

對，我順著這個話題說，荷葉跟露珠才是宿世的因緣，記得中華航空的形象廣告吧！「小小的露珠，為什麼一一來到荷葉上，荷葉上的露珠，為什麼滾動凝聚如月光，有人說：那只是一種偶然，中國人卻知道，那叫緣分。」荷葉跟露珠才是一般人可以馬上繫連的因緣，如果要將和尚跟荷花做好繫連，那得要讓和尚說法，說一段荷葉跟露珠的纏綿，才能以荷為尚，實際上應該以露珠為尚，露珠來到荷葉上，隨風滾動，那是多難得的緣分，多需要珍惜啊！可惜，因為音韻，我們必須選擇「荷」，委屈了「露珠」。

那「和尚和尚，以荷為尚」，就沒有用了嗎？——同學有些不甘願。

我笑一笑，說：把「荷」改回「和」字，送給喜歡爭鬥的人，如何？

女子無才思無邪

最近頻頻有學生問我，為什麼孔子說：「詩三百，一言以蔽之，曰思無邪」？我沒有在第一時間直接回答，反過來問他們，你理解的「思無邪」是什麼意思，大部分的學生都說：思緒裡沒有邪惡的念頭啊！有的學生還接著說，這樣，詩教才可以是溫柔敦厚。

顯然，他們都從「思無邪」的表層意義來理解，我記得去年在彰師大的現代詩「情詩」學術研討會上，有一位主持人在提到這三個字時，還揶揄地說，詩怎麼可能「無邪」，他的語氣好像在嘲笑孔子不應該講這麼孔子的話。詩、有、邪，他一個字一個字很堅定地說，有邪才會有詩，有情有色、有情緒有憤怒，才會有詩，不要相信孔子。主持人這樣說，同學都笑了。

如果說，文學中沒有邪惡、罪惡，將文學推得太崇高、太神聖，令人不能信從，我也不贊同。但一定要將詩與邪惡連結成線，恐怕又背離真正的文學本質，更讓人無法信服。

「詩三百，一言以蔽之，曰思無邪。」這句話是《論語．為政篇》孔子所說，一般視之為儒家詩學最主要的精神所在。「思無邪」的「思」字是語助詞，毫無「思想、思慮、思緒」之意，這是國文老師都熟悉、都了解的說法。至於「邪」字，古來注家則依這樣的途徑解釋：「邪」、「徐」二字古時通用，國風中的〈北風篇〉「其虛其邪」，漢朝時引用多作「其虛其徐」可以證明，而「徐」、「虛」二字互文同義，可以相互為注，所以，「無邪」就是「無虛」，亦即是：詩是真實生命的自然流露，不必虛掩，無須矯飾。用現在的白話來說，詩經三百首無一不是真。

這樣的說法是依照訓詁學者的說詞去推定，學生在課堂上聽懂了，但一走出教室，他又回到「思無邪」這三個字，一直在這三個字裡繞、繞、繞，無論如何跳不開「邪」字的魔障。學生會在下課時間問我這個問題，大約也是在這個圈子裡繞得累了吧！

所以，我又反問他們：如果文學裡面沒有邪惡，或者說人性裡面沒有邪惡，文學的對比、戲劇的張力如何產生？當孟子說：「人性本善」時，表示孟子看見這個社會是存在著「惡」的。因此將「思無邪」解釋成「思緒裡沒有邪惡的念頭」應該不是孔子的本意。「無邪」，應該是「無視於邪」，也就是「不以邪為邪」，詩就是詩，無所謂正或邪，對或不對，道德或不道德，所以《詩經》裡有正襟危坐的宗廟樂歌，也有荒淫情色的作品，都不妨害詩之所以為詩。

「那孔子不反對情色詩？」

「不反對，只要出自於生活的真，情感的真，情色也是生活的一部分，情色詩也是詩。」

「那跟禮樂的修養，不是起衝突了嗎？」

「起衝突，禮樂的修養，道德的修養都是後起的。但我們現在談的是文學興起的那一點本質上的真。」

同學陷入一陣沉默，大家的思緒都在「邪」、「無邪」、「無所謂邪不邪」這三個詞彙裡繞。

終於有一個同學打破沉默：「老師，『無』解釋為『無視』之意，有其他的證例嗎？」細心的女同學這樣問。

「女子無才便是德」這句話你會同意嗎？我問她。她搖頭。

這是明朝人《小窗幽記》（或名《醉古堂劍掃》）作者陳繼儒（一五五八—一六三九）的話，即使他前面還有一句「男子有德便是才」作為平衡，總覺得這是屈辱文學與女性的說詞，他們認為女人讀了詩詞、小說，不讀正經書，只會有浪漫的想法，容易起邪心。這種說法當然不對。但是，如果將這句話解讀為「女子有才，但是無視於才，不把自己的才華當作才華，這就是很好的德業修養。」不就順當了嗎？

嗯——這還可以保持住大男人的自尊心。

而且以這種認知去對照前面那一句「男子有德便是才」，聽起來就有那麼一點諷刺的意味，好像男人往往無德，能夠有那麼一點德業修養，就算是有才了！

嗯——是有那麼一點意味。

「那老師的詩集《情無限．思無邪》，情無限也依照思無邪的理路做解釋嗎？」女同學促狹地反問我。

我笑一笑，自己想吧！

不過，你們可能不知道，孔子這句「思無邪」是《詩經．魯頌．駉篇》中的一句詩，整首詩在歌頌原野的開闊，馬匹的健壯，我打開《詩經》給大家看：「駉駉牡馬，在坰之野。薄言駉者，有驈有皇，有驪有黃，以車彭彭。思無疆，思馬斯臧。」這是第一節，一共有四節，最後都以「思無期，思馬斯才」，「思無斁，思馬斯作」，「思無邪，思馬斯徂」作結，「思無邪」就在最後一段，思無邪，馬才會向前跑，跑得遠。

「思無邪，思馬斯徂。」精實無虛，馬才會向前奔馳。孔子的詩觀就是從這樣的一句詩開展出來的，這更是值得我們沉思的地方。

自行束脩

二月二十九日，是很難得的日子，四年才有那麼一天，何況是二二八連假愁雨綿綿四天之後的放晴日，更是難得。比這更難得的是，我聽到老友、同鄉杜忠誥教授對大一學生的演講〈知病與去病〉，他告訴學生要能認知自我、轉化自我，他說題目中的「病」是指著壞習氣。

不過，最讓我震撼的是他對孔子所說：「自行束脩以上，吾未嘗無誨焉。」（《論語．述而》）的解釋，自從朱熹以降，這「束脩」二字就是「脯十脡」，也就是杜忠誥要從埤頭到北斗、我要從社頭到北斗「李老城肉脯店」買十條肉乾，才能去註冊上課，朱熹是這樣說的：「脩，脯也。十脡為束。古者相見，必執贄以為禮，束脩其至薄者。蓋人之有生，同具此理，故聖人之於人，無不欲其入於善。但不知來學，則無往教之禮，故苟以禮來，則無不有以教之也。」高中時讀《四書集注》，我就不喜歡朱熹這種說法，因為那時家貧，一年三百六十五天（今年又多了一天）我家可能吃到肉的機會不到兩次，新鮮的肉都不可能吃到兩次（一次，幾片而已，離「條」甚遠），哪有可能曬成肉乾，還要累積十條，送給老師，才能上學？

我不反對人相見要有贄禮，但「脯十脡」是我辦不到的事。後來自己當了老師，上到此章，我笑著說：「束脩」可能就是臺灣話的「Si Siu」（零食），孔子的意思是說，你即使是帶著幾片餅乾來送我，我蕭蕭就教你寫新詩了。

治學嚴謹的杜忠誥則用很簡單的四個字解釋「束脩」：「束身脩心」，讓我悚然一驚。

這就對了！《康熙字典》上「束」有「約也」、「脩」有「治也，習也」的解釋，古來對於「束脩」也有「束帶修飾」或「約束修飾」的說法，但杜教授將這兩種解釋合而為簡易明白的「束身脩心」，「束脩」——「束身脩心」，一個知道約束自己、修身養性的孩子，我們怎能不教呢？

孩子們，老師我從今天開始「束身」、「脩心」，一面減肥，一面修養自己了，記得不要再帶給我肉乾啊、零食啊！

重看自己的照片

重看自己的照片，是很白話的文字，不如張愛玲原來的書名《對照記》（臺北：皇冠，一九九四）。對照，既是面對照片之意，卻也可以是今昔的對比，虛實的對應。想想看，哪一幀照片不是昔日相貌或昔日風華的留存，即使是二十秒前所照，我們正透過八百萬畫素相機上的▲圖記，檢視效果，我們所面對的已是過去的容顏。再想想看，影中人是虛，即使是用數位相機、即刻顯現的影中人，絕非現實中的血肉之軀，自己重看自己的照片，正是虛實相對應。這一點，張愛玲的《對照記》沒提及，她強調的是時間上的今與昔。

張愛玲的《對照記》有「對」、有「照」、有「記」。

「對」是著作完成時（一九九三）的張愛玲面對過去的家族人物。

「照」是倖存的老照片，怕「三搬當一燒」的搬家習性，也怕「丟三落四」（張愛玲用「丟三臘四」）的個性所留存的照片。

「記」是一張或幾張「圖」有一篇附記，附記文字隨興、即興，有長有短，短的三兩句，簡單說明，長的是回憶錄式的千字散文，可以滿足人類偷窺的本性。她自己說：「附記也零亂散漫，但是也許在亂紋中可以依稀看得出一個自畫像來。」（頁八十八）。

第八十八頁的附記是整本書的後記，後記中對童年的記憶是「悠長得像永生」，有著矛盾的說詞「相當愉快」地「度日如年」，她相信很多人會有同感。成長期則是崎嶇的，「漫漫長途，看不見盡頭。滿目荒涼，只有我祖父母的姻緣色彩鮮明，給了我很大的滿足。」或許這才是張愛玲之所以為張愛玲的主背景所在。

後記最後的時間加速說，我想會有更多人有同感：「時間加速，越來越快，越來越快，繁弦急管轉入急管哀弦，急景凋年倒已經遙遙在望。一連串的蒙太奇，下接淡出。」繁弦急管、急管哀弦、急景凋年，急急急，三個急，之後是一連串的蒙太奇，相關或不相干的圖像，或明或暗簇擁在一起。

時間是急，不過，我想，反正最後是「淡出」，我們的心也就不用太急了！

站得住腳

英國人規矩特別多，做起事來行禮如儀，一板一眼，可不能少個什麼東西、缺個什麼手續，否則他們會焦躁不已——不過，即使焦躁，他們也會保持他們自己認為是優雅的姿態。

我不曾認識很多英國人，倒是認識了一些二十世紀英國轄理下的香港人，曾經感受到他們行禮如儀的優點和缺憾。真正見識到英國紳士，卻是透過麥可．龐德（**Michael Bond**，一九二六—）所創造的可愛人物派丁頓（**Paddington**）。派丁頓是一隻熊，據說麥可．龐德的創作靈感來自於一個下雪的聖誕夜，風雪的夜裡，任何人特別會覺得自己的孤單和淒冷，這時的麥可因而感受到百貨公司展示架上一隻玩具小熊的孤寂，能不能給他一些溫暖呢？麥可這樣想，能不能透過他給人群一些溫暖呢？從此發展出十四本小說，各種延伸或改編的圖畫故事書。我正在看的是《我愛派丁頓》（臺北：國語日報，二〇一一）。

英國人嚴肅的規律中，其實總有一些忍不住的幽默，派丁頓系列小說中就展現這種溫馨場景，在〈派丁頓抓小偷〉裡，警察教導住家可以在水管上塗上一種不會乾的神奇防盜油漆，防止小偷攀爬，派丁頓正在為布朗先生的家做這件事，隔壁小氣的柯里先生貪圖便宜，只想花十分錢，要派丁頓利用剩下來的油漆也為他漆水管，派丁頓好心地想，如果小偷進不了大門，就沒機會進到屋子裡來了，他也不必用光布朗先生的油漆去漆柯里先生家又多又粗的水管。有趣的事就這樣發生了，小偷（水管人）抓到了，柯里先生全身被不會乾的防盜油漆塗黑了，他家的大門只能一直敞開著。這樣的故事敘說過程，會讓人忍不住會心一笑，派丁頓完全出自於一片好意，卻出人意料之外得到另一種效益，讓人忍不住想去握握派丁頓的「熊掌」（原文是這樣寫的），派丁頓是一隻熊。

派丁頓是一隻熊，他在人類的社會生存，所以他要買菜，他有一輛手推車，結果被拖吊車拖走了，依照人類社會的規則，他要去警察局報失竊，就像任何初出社會的少年人，這時有許多熱心的人會說東說西，指引這指引那，指導他們。我正在看的是〈手推車失竊記〉，派丁頓與警察之間有許多雞同鴨講的話，因為在這之前有許多正確或不正確的訊息，有許多天真與社會、天然與規則之間的溝壑，譬如，警察都會恐嚇說：「我會讓你罰單接不完」，派丁頓嚴肅地說：「希望不要，我對接東西不在行，因為用熊掌接東西不是很容易。」譬如，警察說：「依你的狀況，你根本站不住腳。」派丁頓驚訝地回話：「我進來的時候，明明兩隻腳站得好好的。」（頁六－二十一）熊掌、熊腳，如何在人類社會站得住腳，應該不是這一系列小說所要探討的，卻不知不覺中讓我們有了自信，即使是熊掌、熊腳也可以站得住腳，可笑的，可不一定是自以為文明、高貴的那些言行。

鬱金香的宿命

對於自己所喜愛的作家，又有新作出版，或者又有未被發現的作品出土，讀者的心情其實類似「粉絲」，期待、珍惜之情，往往會超出同位作家其他的作品。張愛玲（一九二〇－一九九五）的小說《鬱金香》就有這樣的驚喜。

發現《鬱金香》的，不是「張學」研究者。二〇〇五年九月學者李楠在研究一九四九年以前的上海小報時，意外發現上海《小日報》在一九四七年五月十六日至三十一日的半個月時間，連載署名「張愛玲」的小說《鬱金香》，他無法斷定這個「張愛玲」是不是大家熟知的「張愛玲」，後來經由「海派文學」專家鑑定，「張學」權威肯認，廣大的張派讀者又有了一篇可以討論、傳閱的作品。

《鬱金香》的主角叫「金香」，內容寫的是典型的舊社會與新社會雜糅掩映時，大家庭衰微的少爺寶初、寶餘與丫頭金香之間的情愫，借用張愛玲自己的文字：彷彿「一枝花的黑影斜貫一輪明月。一明，一暗；一明，一暗。」

《鬱金香》當然應該解讀為「憂鬱的、鬱悶的」「金香」，讀者或許都因為這種理解而能會心一笑；這會心一笑，當然來自於鬱金香是一個時髦的新名詞，至少在張愛玲那個時代她是。至於鬱金香會有什麼涵義，代表什麼花語，一般讀者不甚了了，經查，鬱金香的花語為博愛、體貼、高雅、富貴、能幹、聰穎，這樣廣泛的語彙到底是否真的適合書中的女主角「金香」，似乎也未必那麼精準，何況紅色鬱金香代表熱烈的愛，粉色鬱金香代表永遠的愛，黃色鬱金香代表開朗，白色鬱金香代表純潔清高的戀情，黑色鬱金香代表獨特的領袖權力、騎士精神、榮譽的皇冠、永恆的祝福、憂鬱的愛情，這就熱鬧了，到底《鬱金香》裡的主角「金香」，會是什麼顏色呢？代表著什麼樣的愛情？結果會是仁者見其仁，智者見其智。

根據古歐洲的傳說，一位美麗的姑娘，同時受到三位騎士的追求，A先生送她皇冠，B先生送她寶劍，C先生送黃金，怎麼辦呢？三位男士都這樣優秀，這樣瀟灑，這位姑娘只好像席慕蓉在佛的面前求了五百年那樣，轉向花神求助，於是花神把她變成鬱金香，皇冠化為花蕾，寶劍變成葉子，黃金就是球根，這就是接受三位騎士愛情的鬱金香，鬱金香成了愛的最重要代詞，愛，成為鬱金香最主要的花語。只是這是古歐洲貴族式的愛情傳說，跟張愛玲落難公子式的愛情無法比評。《鬱金香》的主角「金香」的身分是丫頭，那就更不合乎這種倫類了！

所以，《鬱金香》所解讀的「憂鬱的、鬱悶的」「金香」，是否恰當呢？最近閱讀蘇偉貞的《長鏡頭下的張愛玲》（臺北：印刻，二〇一一），她先是認為《鬱金香》這樣的篇名極為時新，而且呼應女主角「金香」的名字，的確充滿鄭樹森指出的「伏筆」（foreshadowing）意涵，而且還是雙重的伏筆（頁三十四）。另一重，指的是張愛玲「自況處境」的意味，《鬱金香》這部小說及其中的的戀情「太早出土，可能斲喪」。蘇偉貞用的不是鬱金香浮在表象上的愛情花語，而是內在的鬱金香的栽培與成長歷程，因而看到太早曝光的愛情，可能受到的斲傷。

戀情「太早出土，可能斲喪」是對的，但說《鬱金香》這部小說「太早出土，可能斲喪」，卻有著事後諸葛之明，有些牽強，但，牽強得可愛，不是嗎？很多文集、詩集的書名，其實都有著莫名的瓜葛，《鬱金香》或真正的「鬱金香」（花）可能有的宿命，讀者或評論者是可以這樣去牽扯、牽拖的。

宿命，為這世界的許多因緣，找到合情但不盡合理（合理但不盡合情）的線索。

嘗醋者的寓言

這兩年因為寫作茶詩，我閱讀了許多茶書。不過，我不喜歡正正式式介紹茶葉、茶器那種知識性、圖鑑性的書，雖然我知道那是必要的工具；我也害怕計時、計量、計價的泡茶術，雖然我知道那是必要的提升。約略，當茶從藥品變成飲品之時，我是從眾的讀書人，而當茶從飲品變成人品，或者說品茶成為品人之時，我可能退回為將茶當作飲品的普通人，是的，餓了吃飯，渴了飲茶，人生不就這樣嗎？甚至於禪師也說：禪，不就是這樣嗎？

最近正在看的一本茶書，小小一冊，就叫《茶之書》，據說早在一九〇六年即由紐約Fox Dufield出版社出版，原題為*The Book of Tea*，以英文寫成，作者是日本人岡倉天心（Okakura-Tenshin），本名岡倉覚三（Okakura-Kakuzo，一八六三－一九一三），這本書是二十世紀初以東方人的角度向西方介紹茶道，後來轉譯成日文、德文等多種語文，我看的是鄭夙恩翻譯，臺北典藏藝術家庭股份有限公司二〇〇九年一月出版，封面上還標舉著「東方的藝術主張」。我覺得有趣的是這一段：「有一則宋代寓言，精采說明了三派教義的不同傾向，釋迦牟尼、孔子、老子曾經佇立於象徵人生的醋醰之前，各自以手指沾醋品嘗。講求實際的孔子道之為酸，佛陀稱之為苦，而老子卻言之為甘甜。」（頁四十八）這一段跟茶沒有大關聯，但是將儒釋道三家的學說，精簡為味覺的「酸、苦、甜」，卻值得深思。這種幽默的說法，令人解頤，卻也能令人解惑。只是孔子、釋迦牟尼、老子三人一同品醋的可能性極低，但既然是寓言，那就可以海闊天空去想像了。隨後我曾搜尋腦海中所擁有的記憶，卻沒有相類似的閱讀經驗，會在哪樣的書上有這樣的記載？——或者，翻譯者誤解了？

後來我又買了另一本《茶之書》（谷意譯，臺北五南，二〇〇九年二月出版），直接由英文翻譯成中文，記述相同：「宋代流傳一則關於三位嘗醋者的寓言，巧妙地表現出三家之言的特色為何：話說，釋迦牟尼、孔子，與老子，同立於醋缸——象徵著人生——之前，三人各自用手指沾嘗一口。實事求是的孔子說醋是酸的，佛陀則謂其苦，老子卻稱其甜。」（頁六十八）顯然，翻譯者無誤，「酸、苦、甜」三個字就要道盡「儒、釋、道」三家精華！

雖然一般認為岡倉天心這冊《茶之書》，在傳述思想、神話、傳說、哲理時，會有誤讀的現象，我看譯者所作的注解就有許多辨正的地方，但誠如蔡珠兒為谷意譯的《茶之書》撰寫的推薦文所說，這冊小書「能以精簡如詩的文字，深入淺出，宏觀遠照，除了勾勒茶史梗概，溯探茶道的核心精神，闡發箇中的美學意境之外，還能評比歐亞，論衡東西，具有強烈的文化觀點。」若是，「酸、苦、甜」三個字不論是傳述或杜撰，自有深意在。

我想的是，這是一本茶之書，如果將「酸、苦、甜」三個字改為「澀、苦、甘」，是不是更可以呼應「茶」這個字之茶澀、茶苦、茶甘，三種不同的品茶感受，也是不同的三家對人生的解讀？茶，因而可以成為人生的另一種暗喻。

當你途經我的盛放

一眼瞥見「當你途經我的盛放」這樣的八個字，尤其是分列成兩行：

當你途經
我的盛放

不知道你心中會升起什麼樣的意象？

至少，我心中是一顫的。生命中我們錯過多少美好？錯過了五月初的三義油桐花，錯過了五月中關刀山的螢火蟲，也錯過了五月快要結束時嘉義的正黃風鈴木、彰化八卦山頂山腰山麓的相思黃，甚至於錯過六月初臺灣師大校園裡黃金雨一般的阿勃勒。多少美好只是我們生命中的過客，最令人心疼的，多少美好的人只是我們生命中的過客——能夠不在心中凜然一驚嗎？鄭愁予的名詩〈小城連作〉，大家只記得「我達達的馬蹄是美麗的錯誤／我不是歸人，是個過客……」就已惆悵不已，卻未曾注意，所謂連作，必然是兩首或兩首以上的作品，緊接在〈錯誤〉之後的〈客來小城〉，主角的角色從「我」變成「客」，從牽動別人的想望與失落的那個「我」，自豪地說「我打江南走過」「我不是歸人，是個過客……」的那個「我」，瞬時卻變成了「客」，沒有任何形容詞加在他身上的「客」，沒有容顏籍貫，沒有任何姻親經歷、甚至於沒有來歷沒有去處的「客」。外在的春景沒什麼兩樣，依然是「三月的綠色如流水」，但客來小城，巷閭是寂靜的，客來門下，銅環輕輕的輕叩聲卻如鐘聲一樣響亮，這寂靜的小城受到驚嚇了，這「客」受到驚嚇了，這天地更受到驚嚇了，這時只見「滿天飄飛的雲絮與一階落花……」，那飄飛的雲絮好像遙遠的未來，無可捉摸，這一階的落花又像消逝的過去，無能掃除，「客」，卻是這天地間永遠的客，流落在這天地間沒有來歷不知去處的永遠的過客，不是〈偈〉這首詩中說的「這土地我一方來，將八方離去」擁有自主權、瀟灑的「我」。

其實，「這天地，我一方來八方離去」，「我」仍然「不是歸人，是個過客」啊！

角色互喚，這時你是過客了，但是當你途經，你會注意到我的盛放嗎？席慕蓉的詩〈一棵開花的樹〉不是求了五百年？五百年，佛可能應許、也可能不應許，你只能一直求一直求，說不定還要鍛鍊好五百年不朽的身體和靈魂。席慕蓉的詩中祂是應許了，應許妳在他可能經過的路旁開滿一樹油桐花一樹雪白，以最慢的速度、最美的姿勢，旋飛墜落，但是你忘了祈求他的回應——一個深情的回眸，或者一個讚許的微笑。所以，「當你途經我的盛放」，我或許可以掌握我的盛放（其實，我真能掌握嗎？）但是誰會應許我你將以欣賞的風姿看待我的風華？憑誰問：你將以什麼角度置放我在什麼樣的角落？

閱讀《當你途經我的盛放》這本散文集，是為了完整閱讀被誤認是第六世達賴喇嘛倉央嘉措的那一首詩：

你見　或者不見我
我就在那裡
不悲不喜

你念　或者不念我
情就在那裡
不來不去

……

來我的懷裡
或者
讓我住進你的心間
默然　相愛
寂靜　歡喜

但她真的不是藏人倉央嘉措的詩，而是原名談笑靖的漢族女子「扎西拉姆．多多」的作品，還經過法院判決而確定的哪！

是你的愛，也或許是我的情。是求道的歌，也或許是求愛的詩。是出家人漏洩的真情密碼，也或許是行者的心靈渴慕。我們嚮往的是那份愛的嚮往，我們肯定的是那份溫柔的肯定。

所以，刪節號所省略的情意，我還是告訴你吧！

「……你愛　或者不愛我／愛就在那裡／不增不減／／你跟　或者不跟我／我的手就在你手裡／不捨不棄……」。

在喧呶的五色五音裡，默然相愛，就會有單純的寂靜歡喜。

掃地掃地掃淨心地

這一學期快結束了，印象深刻的事極多，但代理大一導師職責卻是值得記述的特殊功課。同事都說我是系上年紀最大的老師，卻去帶領系上年紀最小的班級。——這，有什麼關係嗎？很久很久以前的學生都知道，我喜歡說：身高不是距離，體重不是壓力，年紀不是問題，後來又自動加了一句：性別沒有關係。說的好像是愛情的故事，其實，我信仰莊子，是一個不把差別當差別看待的人。有情就是有情，高矮胖瘦，貧富美醜，是問題嗎？有事情就是有事情，遮蔽、掩蓋、躲藏、逃避，能解決困難嗎？學生就是學生，是巧是拙，是智是愚，是壯是弱，是男是女，施教方法或有不同，呵護照顧時需要區隔嗎？

不過，系上同事所擔心的：系上年紀最大的老師帶領系上年紀最小的班級，卻真讓他們擔心對了！因為，新鮮人有一門「公益教育」課程，必修而無學分，日常的工作是每週要有兩個小時的環境清掃，偶爾會有全校性的社區服務，導師需要在旁輔導，就這樣我平白多出兩堂勞動服務的時間，我選擇週二下午的第七節，一定陪他們打掃公共區域，看著學生收拾好工具，歸回原位才離開。這樣的努力，結果傳回來的會報竟是全校最後四名，需要加強的班級。中文系的公益教育讓人擔心了，當然更讓我這位長老級的代導師汗顏！

水泥路面掃了嗎？掃了。垃圾倒了嗎？倒了。清潔工具歸回原位嗎？放整齊了。我們一項一項檢討，一項一項都做到了呀，為什麼會有這樣的差錯？

有一次，評分的先生來到現場，我客氣地請教他：哪裡需要改進？他說：老師，你們樹下的落葉都沒掃，只掃水泥路。我很驚訝：現在掃的就是樹下落葉啊！他指著水泥路外、距離我們三十公尺外的五、六棵大樹：那些樹，你們從來沒掃過。

這時換衛生股長驚訝：那是我們要負責的區域嗎？

攤開區域圖，真相終於大白，我們以前努力掃的，只不過是原來的一半，水泥路供人行走，水泥路兩側的草坪供樹葉隨意落，我們卻隨意掃了北側，完全忽略南側那舊葉堆積新葉鋪疊的畫面需要改變。

當下決定延長打掃時間，集中火力，終於第一次清除了頗有歷史的落葉群，清除時微微可以聞到歷史的腐騷味，有些落葉葉柄處還能證明自身的存在，葉梢葉末早已化作秋泥，等著當護花使者！要把這些落葉清除，葉、泥難分，實在不容易。這時我想起學校強調我們是「綠能、有機、健康」的產學型大學，何不像小時候在農村一樣，將這些落葉圍繞樹幹一圈，當作有機肥，日積月累，滋養樹身。幾週之後，學生隨著我，真為每一棵大樹圍上了落葉裙。當每一棵樹都有了自己的甜甜圈，反而突顯出我們的清掃區域與隔鄰的不同，那種醒目自有一種成就感。

果然，下一月的公益教育會報，我們躍升為受褒揚的前四名，學生因而更樂意投入這種有成就感的工作了。後來，我還利用晨間健行的時間，將兩棵相近的樹下落葉，排列為大大的心型，呼應古詩人的浪漫，落紅、落葉都不會是無情物，兼亦呼應席慕蓉〈一棵開花的樹〉：「朋友啊！那不是花瓣，是我凋零的心。」

落葉，其實掃也掃不完。這棵剛掃好，風來，那幾棵又是滿地枯黃。等季節轉換吧！季節一轉換，這樹種真的不落了，卻換成另一種樹葉繼續飄零，零零落落的葉落習性，就像改也改不了的小脾氣，誰也不知道什麼時候爆發。有一早，自己獨自掃著落葉，心中卻響起一句話：「地上有掃不完的落葉，心上有掃不完的汙穢。」一有落葉就要掃，就像一有汙穢就要除淨，那是片刻也不能姑息的吧！

「地上有掃不完的落葉，心上有掃不完的汙穢。」怎麼來的一句話呢？我心中自己忖度著，找不到來由。後來問一位學佛的朋友，佛家故事有這類型的情節嗎？她說應該是周利槃陀伽（Culapanthaka）的故事，並且找來星雲大師的《釋迦牟尼佛傳》，翻開

第四十四章，說是歸類在佛陀的特別教化裡。

書上記明佛陀住在祇園精舍的時候，遇到摩訶槃陀伽（Mahapanthaka）、周利槃陀伽兄弟，大家都嘲笑周利槃陀伽愚痴，佛陀給他一句簡單偈語：「拂塵除垢」，要他一面用笤帚掃地，且為比丘們拂拭衣履和雜物上的灰塵，一面持念這句偈頌，過了一段時日，終於他將這句「拂塵除垢」的偈頌記下了，日久工夫深，他漸漸體會到這句偈頌的意義。他想：「塵垢是可從兩方面去看，一是內的，一是外的。外面的塵垢是看得見的灰土瓦石，是容易清除的；內心中的塵垢是貪瞋、無明、煩惱，這是要用大智慧才能清除。」至此，他的心內漸漸清明起來，漸漸息下三毒之心，進入平等境地，不起愛憎之念，沒有好惡之心，佛陀也很歡喜，說：「受持一句偈頌，照著實行，一定就能得道。」

後來我在別的佛教故事書裡，也看到這則精進的故事，淺顯的會說佛陀給他的偈語是「掃帚」兩個字，複雜的則拉長為長偈言：「貪著是塵垢，亦非常真塵垢，塵垢乃貪著，住於佛陀正法之比丘，不為塵垢所縛。瞋恚是塵垢，亦非真塵垢，塵垢乃瞋恚，住於佛陀正法之比丘，不為塵垢所縛。愚痴是塵垢，亦非真塵垢，塵垢乃愚痴，住於佛陀正法之比丘，不為塵垢所縛。」佛陀給周利槃陀伽的偈語，到底是通俗的「掃帚」、成語式的「拂塵除垢」，還是排比型的「不為塵垢所縛」的長句？或許重點不在於偈語，而在於持續念誦、持續修行的這一種毅力吧！

掃地掃地，從有形的去汙除垢，延伸到身體的消炎排毒、心地的潔淨清明，不都是這樣的一念通，萬念澈！

心向天地開放

全球化、國際化成為世界性趨勢的時候，有些人卻反過來思考如何重視在地文化，如何關懷本土本鄉，《天下雜誌》十年前曾製作「臺灣三一九鄉向前行」特刊，為臺灣所有的鄉鎮記錄值得驕傲的獨特故事，鼓勵重新認識小城市、小鄉村，品味一個有故事的小角落，尋找臺灣鄉鎮前進的力量。我想，很多人大概是在這個時候才知道臺灣有多少個鄉鎮，至少，我是。那個時候，我們常常可以看到三一九這個數字，看到「微笑」的標誌，體驗在地臺客的生命力、友善力，讓臺灣人親自體驗臺灣的風土，體驗臺灣最美的風景竟是自己，自己的鄉、自己的土。

二〇一三年伊始，《天下》又發行《臺灣款款行》系列專刊，更細緻地記錄臺灣，二月發行了《彰化款款行》，以「實在」兩個字定位彰化。作為一個彰化人，我覺得滿實在的。

《彰化款款行》收藏八卦山大佛眼下的風光，臺灣最平實的幸福。同時重現彰化許多可親的農產鄉情、文化小鎮溫暖的人情、九把刀電影裡我們曾經追過的愛情、讓彰化走進世界的商情。除此之外，還策畫彰化小旅行講座，邀請李昂與我對話，談談「來自故鄉的靈感」，希望能夠傳遞給其他的臺灣人：在地的優勢、故鄉的驕傲，說不定可以撞擊出不同的思維與發想，體驗旅行彰化大佛祝福的幸福感。

二〇一三年十月十二日星期六下午兩點，由《彰化款款行》採訪副總編輯蘇于修主持，在臺北信義誠品六樓演講廳舉行。鹿港李昂以小說家的筆勢，行雲流水，談著許多我在她的書上沒看過的鹿港鬼故事，《殺夫》的豬灶；社頭的我以「社頭蕭一半，鹿港施了了」接下她的話題，說起百分之六十的蕭姓家族，漳州府南靖縣的故里，迤邐到天邊的油菜花黃色花海，軟的絲襪、硬的芭樂，軟硬兼吃的《台灣黑狗兄》（電影），大家都熟知的「三多」：襪子多、芭樂多、董事長多。

短短兩個小時哪夠李昂與我說起故鄉的驕傲，最後兩分鐘主持人要求我們以一句話談說自己與彰化的關係，頓時心中浮現平坦廣袤的稻野，我舒適地躺臥在稻草堆上，無所視地望著藍天，隨任白雲幻化，竟然沒聽到李昂說了哪些話作為她的結論，主持人已經將麥克風遞到我手上，那時腦海裡突然迸出「心向天地開放」這句話，我說了，只說了「心向天地開放」這句話，兩百個觀眾響起四百個手掌的響聲，觀眾的掌聲響亮不是因為這句話，而是鹿港、社頭的許多小亮點，是「彰化小旅行講座」結束了。

在掌聲的亮響中，我卻依然躺在那稻田大地的空曠裡，久久未醒。有風無颱，有雨無災，八卦山腳下的大平原，我曾經任意躺臥的草原、田埂，曾經那麼隨心任運飄過藍天、飄過我眼前的白雲，他們一直教我的，我一直記在心上的，就是這句「心向天地開放」啊！

人與純真往來

臺北住得久了，超過三十年了，你會不會愛上她？

朋友喜歡問我這個鄉下來的，總是在文章裡懷念童年、繫掛農村，卻又很少被安派為鄉土作家的人。這是個二分法的傻問題。你說，這問題像不像一個大人有事沒事就問兩三歲的孩子：「你愛爸爸，還是媽媽？」

想想，你是不是這樣問過一個小男孩，就為了看他惶然不安的樣子？是不是這樣問過一個小女生，扭扭捏捏讓她藏躲在大人的裙褲後？

至少回憶起來，你被叔叔、阿姨輩的人問過：「你愛媽媽，還是爸爸？」特別是爸爸、媽媽都在場的時候。那時你幼稚的心靈十分清明，我愛爸爸也愛媽媽啊！但是你的詞彙應用能力還不熟練，只能順著大人的問句，選擇最後的詞語。

「你愛爸爸，還是媽媽？」「媽媽。」

「你愛媽媽，還是爸爸？」「爸爸。」

那時你還不知道律師的重要，如果你有律師在場，你就知道你有保持緘默的權利。不幸，你只有媽媽在場。更不幸的是，你選擇了爸爸。就在那當時，你即刻知道什麼叫做「尷尬」，雖然不會發「尷尬」的音，更不會寫「尷尬」的字，你的臉卻會發出「尷尬」的一陣紅一陣白。

比較幸運的是，被問到「你愛彰化，還是臺北」時，我已經超過三十好幾了，被「社會化」得相當成功了！郝龍斌在，我傾向臺北；卓伯源在，我會說：彰化才是至愛。其實內心裡住著的兩三歲孩童，毫不扭捏，燒餅包油條，藍天配綠地，愛爸爸並不妨害愛媽媽啊！蘇東坡的詞〈定風波．南海歸贈王定國侍人寓娘〉：「常羨人間琢玉郎，天應乞與點酥娘。盡道清歌傳皓齒，風起，雪飛炎海變清涼。萬里歸來顏愈少，微笑，笑時猶帶嶺梅香。試問嶺南應不好？卻道：此心安處是吾鄉。」這闕詞說得極好，「此心安處是吾鄉」，能讓人心安的地方就是家鄉啊！不過，說這句話的人卻不是東坡居士，而是一位眉目娟麗、世居京師的女歌手宇文柔奴（寓娘），她陪著因烏臺詩案牽連而被貶的王定國（王鞏，生卒年不詳，約宋神宗熙寧時代人），長達五年的時間身處廣西瘴癘之地，萬里歸來，容顏卻是愈加年輕，東坡問她：「廣南風土應是不好？」宇文柔奴的回答卻是：「此心安處，便是吾鄉。」東坡就將這句話嵌進詞中，以〈定風波〉寫出兩人情義相挺可以讓炎海變清涼，長途跋涉卻能讓笑裡帶著嶺梅香的那種堅貞深情。

更早的唐代，白居易多次說過類似的話，「我生本無鄉，心安是歸處。」（〈初出城留別〉），「無論海角與天涯，大抵心安即是家。」（〈種桃杏〉），「身心安處為吾土，豈限長安與洛陽？」（〈吾土〉），「心泰身寧是歸處，故鄉何獨在長安？」（〈重題〉）。白居易語言白，白直到老嫗能解，而且樂天到「長安居大不易」的時代他也能「居」、「易」，或許就因為這一系列心安處就是身安處、就是歸宿、就是吾土的詩句與信念。能讓人心安的地方就是有愛的所在，在自己所愛的人的身邊，任誰都可以放心，安安然、穩穩然，入眠。

什麼是愛？不就是可以關懷、可以依戀、可以絮絮叨叨說著話、可以安安心心睡在他懷裡的那個人、那個地方、那件吉事！那是一種信賴，也是一種純真。在彰化鄉野，我學習「心向天地開放」，在臺北都城，我學習「人與純真往來」，與純真往來的心，心可以安，可以向天地開放；向天地開放的人，人可愛，可以純真地交互迴流著無盡的愛。

自己打破自己

在懂得什麼是蛋白質、什麼是膽固醇之後，我覺得我或我們應該立正向蛋族（雞蛋、鴨蛋之類）致敬、而後致歉。

讀小學、中學時，我家餐桌上的菜餚永遠是淡灰醬筍、褐黑菜脯、深綠蕹菜之類的自家農產物，好像一群酸腐老人帶著綠衣女孩，陪我們吃飯，以今天的營養知識來看，我們進食的只有穀物、醃漬物、蔬菜，缺少變化，也缺少蛋白質與堅果類的油脂，營養嚴重失衡。偶爾爸爸買塊豆腐回來，阿嬤決意煎一個菜脯卵，頓時餐桌上才有了不同的香氣與顏彩。那時不識菜根香，卻認得豆腐煎得赤黃黃的美，菜籽油噴濺出來，散播在空氣中、油煙裡的芳味；當然更喜歡打一顆蛋、加上一杯水、摻雜剁碎的蘿蔔乾，兩面煎成同樣黃褐的蛋白、蛋黃、菜脯混雜的焦香。最神的廚藝展現在阿嬤煎荷包蛋的技術上，蛋白可以散成秋冬枯黃且帶點灰白、黑斑的蓮葉，蛋黃卻是要落未落的夕陽，被一層薄薄的白雲挽留在愛的懷抱裡，透著霞光，那熟度五分、七分，還可以隨著心情做決定，彷彿二十年、三十年後，拿著刀叉吃牛排時才會被溫柔問及的三分熟（Medium-Rare）、五分熟（Medium）、七分熟（Medium-Well）？其實這種食用豆腐與蛋類的機會，在我青壯年以前甚為稀少，所以我絕對不會是「蛋白質」男孩——真的缺乏營養學的蛋白質，不是那種「傻蛋、白痴、神經質」型態的社會學現象。

許多人以各類魚肉做作為蛋白質供應來源時，我和我的家人是以微量、罕見的蛋維持生命之所需，可是那個吃飽、吃好都成問題的時代，我們怎會知道營養均衡的重要？怎麼會對「蛋」心存感謝？

有了吃魚吃肉的能力之後，我們還繼續吃蛋，血液檢查的報告卻說膽固醇過高，識或不識的朋友都說「只能吃蛋白，不能吃蛋黃」，要不也會勸我「食卵清就好，不通食卵仁」。從此，不論在哪裡用餐，早餐或午、晚餐，遇到蛋，那暖色系統的蛋黃就會孤單留在盤底，獨自繪出期待又無辜的一張平板臉，那時我心理總覺得對「蛋」十分抱歉，最香、最好看、最有營養的卵仁，竟然沒有核桃仁、土豆仁、杏仁，甚至於相對於孟義的「孔仁」那種可以延續人類命脈的命運。

致敬的方式是吃下整顆蛋，以蛋的生命延續自己的生命；致歉的方式卻是吃下半顆蛋，仍然以蛋的生命延續自己的生命。不知道這種方式的致敬或致歉，蛋族能接受嗎？

據說在冰箱的蛋架上，蛋族曾嘲笑滿身長滿綠色頭髮的Kiwi自以為是蛋，卻反被奇異果恥笑自己禿頭，寸草不生。

所以，如何致敬才不會失禮呢？對於「蛋」。

對於冰箱外的「蛋」，最好的致敬方式，我認為新加坡的朋友杜文賢所提供的訊息去感悟人生，超越物質生命的思考，最是妙絕。他說：雞蛋從外面打破，她是食物；雞蛋自己從裡面打破自己，她成了生命。

任何一個生命被外力打破，都會造成傷害，如果是自己打破自己的局限，衝出藩籬，那就是成長、進步。想想看，你要等待別人打破你，成為別人的食物嗎？還是自己從內在徹底打敗自己，因而獲得新生？

向蛋致敬，不僅是她以蛋白質維繫我們的肉體，還以蛋與雞的關係，啟發我們的生命。

向自己致敬，蛇年已成過去，午馬正要啟程，我們學會從最深層的地方檢討自己，打破束縮自己、桎梏自己的緊箍咒吧！我們會是新生的自己。

有著硬殼的椰子也會覺醒，再硬的殼被人打破，我只是人家解渴的飲品，我一定要自己爆殼而出，爆出新生的芽。

樹會枯，草會綠

這棟歐式小木屋，有一個十分典雅的名字「鐸韻雅築」，明道大學的學人宿舍，我一住就住了十二年。屋前有一座小小的花園，最早我種了一些小草花，一兩個月只長葉不開花，有天早晨，我在澆水，汪校長（住我對面）晨運回來，過來跟我打招呼，說：蕭老師，你種菜啊！我說：應該是花，只是還沒開。不開花的花，跟菜真的沒什麼分別，多少水仙不是都在裝蒜嗎？後來，有一段時間我改種玫瑰，小蕊的，大朵的，都種，園藝家教我：玫瑰謝了以後，需要往下數三節加以截枝，她會從新截枝的地方再長出玫瑰，我聽他的話，果然，真是這樣，玫瑰花盛開了好幾年。我是幸運的，因為有人告訴我，舊的枝節不剪，新的花不開。就這幾年，玫瑰花開著，眼睛看著很舒爽，但是眼睛不知道，手剪枝枒的時候，無論眼睛多麼小心，手的這裡或那裡都可能會被刺扎到，每開謝一朵花，每剪一次花枝，我的手就會被刺扎痛好幾回，這些痛，眼睛都不知道——就不要讓他知道吧！

再後來，玫瑰沒力氣開花了，只剩下枝與刺，張牙舞爪，沒人回應，這庭園小小的，閒置了好長一段時間。

聖誕節前，朋友一起為我在辦公室前的中廊廣場，布置了聖誕樹，他們取用了三節不同的樹材，拼裝為冰雪中的堅忍之姿。那時我就想著，聖誕過後，這棵「三代木」就要送去垃圾場嗎？雖然佛陀早已警告我：不要在同一棵菩提樹下打坐三天，可是他就站在門口，衛兵一般，不離我，不棄我，相處了二十天，我對他也有了感情呀！

新年伊始，我將他移植到宿舍前的小花園，我知道他會繼續枯萎，針葉會一葉葉凋零，樹幹會一天天乾旱，我可以像日本人一樣，在他旁邊鋪上白色石，形成絕美的枯山水。但我終究是蘭陵子弟，為他鋪植了草皮。樹是枯的，草是綠的，我看著樹枯草綠，想著自己與文學的一生。

筆柿是柿界的大楷

我在電腦上打出ㄅㄧˇ ㄕˋ這個音，結果出現的是：筆試、鄙視、比試、筆勢，可見不只我跟「筆柿」不熟，電腦跟「筆柿」也不熟。今晚，隔壁研究室的黃源河教授給我一盒「筆柿」，這是我第一次見到這種水果，我還傻傻地問：枇杷嗎？我見過「猶抱枇杷半遮面」的枇杷，他說：不是，這是筆柿，一種紅柿，長得長，像筆，所以叫「筆柿」，明道果園培植的。明道校園大嗎？不大，四十二公頃。經常在校園散步的我，竟然不曾發現「筆柿」。四十二公頃，夠大了吧！

我接過筆柿，放在Ａ４的論文本上，是李桂媚的〈賴和新詩的紅色美學〉，四顆筆柿就站成一排了，呼應王李（不是水果，是王文仁和李桂媚）的紅色美學；第五顆剛好用來證明：兩位朋友的寬度正是我的長度。想起上次在閩南發現的半遮面的枇杷，我拿起筆柿放在臉上一比，真是好大的一筆，豈僅是半遮面、遮半面，應該是遮大半面吧！朋友說我最近伙食比較好，臉色圓潤，跟筆柿一比，我只是人類裡的小楷吧！

筆柿（Japanese Persimmon Kaki、Kaki、Kapipflaume、Ciachi）又名：珍寶柿、長形柿、筆杆柿，原產地：日本愛知縣。

悅樂學習

從明道大門口出發，穿過四點九公里八卦山隧道，到李威熊老師的草屯「九峰書院」，竟然是在遊覽車上介紹李老師與明道的因緣，唱三首歌，就到了。元月十日隨著憲仁兄規畫的人文學院山水藝文增能計畫，我們一行老老少少三十人來到九九峰下的九峰書院。

每次望著九九峰，都有一種神祕的感覺，是誰讓這麼多不一樣的峰頭簇聚在一起，彷彿一次就可以把各種峰嶺賞盡、看全，可是事實上卻又吊足你的胃口，你只要一睜眼，一瀏覽，一凝視，你知道每一峰、每一嶺都會留住你的視線久久，九九峰是久久峰嗎？我問過九九峰下的朋友，試著爬過九九峰中的幾個峰頭，他們都說，不曾。九九峰是讓人望之久久、不能攀登的山峰嗎？

民間傳說，真的能好好數清這些山峰到一百，就可以當皇帝，可惜，臺灣人從來沒有數清過，所以從來沒有臺灣人當過皇帝。陳憲仁說，還是不要去數清吧！臺灣當總統的，都會去土城旅遊，久久，不容易出來。

李老師是一位謙卑爾雅的儒者，不想九五至尊，不求九九至極，他的書院單純為個位數字的「九峰書院」，然而，這九峰，已經夠宏偉、夠深邃了！一般大學不容易擁有的「文津閣四庫全書」，明道大學建造「文津閣」專室存藏她，「九峰書院」整整齊齊擺放在三樓，隨你翻閱，還需要去探問老師的肚腹翻轉多少學識，胸懷涵容著什麼樣的天地嗎？還需要去探問老師另一片田野如何向純真開放？

當老師談到他的書院理想時，卻又回到孔夫子說的「學而時習之，不亦悅乎？有朋自遠方來，不亦樂乎？」一切的學習要從「悅樂」開始，要抱著悅樂的心去接觸經典，才會有開放的天地。

面對著神祕的九九峰，多麼踏實的九峰——悅樂從此開始，增能就此啟程。

看見木頭微笑的人

愛詩成痴，自稱詩痴；愛石而憨，自稱石憨。世間多少這種痴迷成狂的人！會不會有愛樹、愛木而不可自已的人？

新年剛開始的第十天，憲仁帶領我們去拜訪草屯小白宮，小白宮正式的名字是「白滄沂天雕博物館」，整棟房子依山勢建築，漆成白色，似乎是為了符應主人的姓氏，車過草屯臺灣工藝研究文化園區，往山峰簇集的地方望過去，就可以看見一叢白色建築，建築物在路的左側，路卻要從右側的坡道上山，三十公尺，過一道橋，在綠色的群山前她依舊白著醒目的白，依舊在你的左手邊，到了，你得準備下車了。我想，應該有很多人錯過這幢白色建築，上了山，錯過了這叢白，就像人生裡容易錯過了大美。

一進博物館大門，我們一眼就認出誰是天雕博物館館長了，在門口迎接我們的，身穿白色西裝的，不就應該是博物館館長白滄沂嗎？那白，或許是長久在綠樹之間穿梭，在青山之前照映，那白是泛著綠光的那種白，是泛著滄海、沂水的那種白。

拿起一大塊龍形的木頭，開啟舞龍的音樂，館長就開始舞起龍來了，木質的龍，來自臺灣山林的樹根，不要巧匠巨斲，不必鬼斧神工，天雕的龍就這樣成為天生的龍，舞在我們的眼前：歡迎進入臺灣松柏杉檜楓樟肖楠的世界。

白館長說他不是雕刻家，藝術是天雕的，他只是美的發現者，美，本來就在那裡，就看我們有沒有那種悠閒的心境、優雅的意態，與她深情相遇。他說他是一個有憐憫心的人，蓋一座博物館展示他們，翻沙鑄銅，將他們或放大為幾十倍的公共藝術，展覽於公園草坪、廳堂廣場；或縮小為桌頭藝術，陪伴素心人。但那天雕的藝術母體，木質的原型，永遠存放在博物館中。

話尚未說完，他手上拿起兩塊木頭，一亮，一張咧開的嘴笑著，再一亮，又是一張燦爛的臉，笑著。亮著的是無聲的木頭，笑出聲音的卻是我們這一群不是木頭的有情人。看了那木頭的橫切面，那咧開的嘴不知笑過多少春秋！

笑聲還未落定，白滄沂又推出一節木頭，木頭的中心軸是裸空的，隔一段距離會有一枝筍樣的短小木棍向下探尋，彷彿井邊的人向井底探問水聲，這就是樹成長的艱辛，他們靠著筍樣的尖端汲取水分，長出枝枒，迎向陽光。

我的笑聲戛然而止。

你，看見生命微笑的臉，會不會也聽見生命哭泣的聲音？

示人以土

拿起毛筆，我勇敢地寫下四個大字：「示人以土」，留存給準備退休的書法大師杜忠誥。

關公面前不好意思耍大刀，孔子面前不好意思賣文章，杜忠誥面前呢？寫書法，不好意思，不寫，其實也不好意思。

國學所書法組研究生，他們原來就是來自臺灣各地的書法名家，為了即將榮退的杜教授舉辦一個溫馨的餐會，展覽他們自己最新、最精采的書法作品，從碩士到博士班的前後期同學，各展身手，賽龍飛，比鳳舞，還在會場攤開經摺裝書冊，要求與會的師長、學弟妹都能為杜老師留下一言半語，陳維德率先寫下「度人金針」，李郁周不僅寫了「書壇祭酒」，還以小字歷數三十年的情義交陪，這書壇的福祿壽三星，惺惺相惜，情與墨比濃、比香，思與字同飛、同翔，他們隨手揮灑，自成錦繡，而我是鍵盤手，硬碰硬，如何學得來以柔克剛——寫，真的不好意思。不寫，更不好意思——不提國學所中辦博士班成功，杜忠誥臨門那一腳，單就兩人多年來交會的師友：南懷瑾、周夢蝶，最親的家人、鄉親，不能不寫啊！

拿起毛筆，我勇敢地寫下四個大字：「示人以土」。

一位研究生在中廊怯怯問我，「度人金針」，我懂，「示人以土」，有典故嗎？

我笑一笑問他，你知道：我是社頭人，杜老師是埤頭人，對吧？對。

那「社頭」，猜一個字，會是什麼？「埤頭」，也猜一個字？

老師，我猜不出來。

「社頭，要想成『社』之頭，寫漢字先上後下，先左後右，所以『社之頭』就是『示』字。」

喔——那「埤頭」，就是「土」？

不錯，猜對了！

但是，那跟「示人以土」有什麼關係？——啊，老師是說，社頭的你和埤頭的杜老師，都以「土」的真、實在、實踐，在教我們？

不是嗎？至少，我們可以用「土」字共勉，不忘鄉土、本土、泥土。

所以，這四個字只能用在你們兩位身上？

應該說，只能用在杜老師身上。你看，「杜忠誥」三個字都有「土」。

哪有？只有「杜」有「土」啊！

「忠」就是中心，以五行的方位來講，中心就是土。「誥」字的右上方，不是藏著一個小小的「土」嗎？

喔，真的耶。

「示人以土」，杜老師以他自己、以他的生命在教你、教我。書法只是他生命中「金銀銅鐵」的銅鐵，生命教育才是他教育理想裡的「金」。

老師，我懂了，我最該學的是老師的「金」。

洪鐘無聲——歲末懷洪鐘老師

歲末前兩天，家裡的電話響起，吳亭誼老師美好的聲音傳來霹靂：我老師走了！十二月十八日走了！

只因為是歲末嗎？亭誼在電話那頭細細述說老師發病經過（大腸癌復發、腸沾黏），我在這頭眼淚持續流著。他是洪鐘——洪文治老師，補習界國文教學泰斗，國文教學上唯一讓我欽服的老師，學生對他的形容是上課永遠讓學生笑聲不斷，下課不必刻意複習，考試卻可以得高分。他怎麼辦到的？一般人上課枯燥索然，下課時學生只好辛苦背誦、反覆演練，卻也不易獲取高分，他卻能在笑聲中讓學生了解了人生道理、文字意義！我知道補教界的老師一定能講輕鬆的笑話，但是大部分的人笑話歸笑話，為笑話而笑話，笑話卻與課程無關，洪老師是在平白的語言裡、日常的生活間，即時為我們發現那可笑可嘆的梗，是在深奧的道理中，以笑點讓學生覺醒的高手啊！然而，這個寒凍歲末，蛇尾軟弱之時，他要帶著爽朗的笑聲到哪裡說故事給誰聽呢？

洪老師教我最多的，當然不是笑話，平日聊天，無非家常，他從不炫學，有那麼一點正人君子的一本正經，我不曾從他那兒獲得任何笑話的梗，倒是獲得許多為人應有的敦厚。洪老師上課時採用自編的講義，簡明扼要，可以讓任何新進老師取用，必要時還允許新進老師旁聽他的課，祕笈公開，金針渡人，補教界年輕一輩的老師大多經過他調教，有如鯉躍龍門，聲價不凡。補教界是非多、傳聞多、紛爭多，洪老師經歷其間，打滾多年，仍然保持讀書人的器度，不沾染補教界的習氣，不背後道人是非、論人長短，因為他敦厚。我進北一女教書那一年，他已辦理退休，不能算是同事；我初入補教界時，他已經營十載以上，雖有新手老手之別，不能算是部屬；但最初幾年農曆春節前，他會偷偷塞給我一個幾千元的大紅包，我惶惶然不知所措，他說：我課多賺得多，你拿著。如此敦厚的兄長，這一生未曾遇到第二位。

那時的補教界，國文科分由兩位老師任教，一位擔任二、四、六冊的課程，另一位一、三、五冊。我初入補教界，主任問我擅長二、四、六，還是一、三、五？我想一、三、五冊都是上學期的課，內容簡易度要比雙數冊低一些，就選了一、三、五，那時我彷彿看見主任臉上泛起一道喜色，他說：我們最缺教授一、三、五冊的老師呵！後來才知道，洪鐘老師專教二、四、六冊，多少老師為了避免跟洪老師同班比評，不敢選一、三、五冊。此後，各個重要補習班的招牌班，國文科幾乎是洪鐘、凌霄配對，建如的醫科專班還加上鄭震的作文課，洪鐘、凌霄、鄭震，默默形成一個國文教學的鐵三角，我和鄭震就這樣隨著洪鐘轉戰多年，將許多準醫師送上正規的養成大道。有一年，洪老師還跟我提起，有一次生病住院，主治醫師、住院醫師圍繞在病床兩側形成長長的兩排隊伍，還讓隔床的病友悄悄問他：你是誰？你當什麼大官？怎麼這麼多醫師來探望？

聲如洪鐘，對洪鐘老師來說，這個聲不僅是上課時的丹田音量，更是無可比擬的聲望、聲價。

洪鐘，聲傳千里，因為他永遠謙卑，如鐘之中空。

洪鐘，穩重如山，因為他是大鋼巨鐵、烈火盛焰所鑄就，泰山崩於前而色不變，麋鹿戲於側而目不瞬。

洪鐘無聲，他需要巨大的力量去撞擊，多少年來臺灣最優秀的高材生都曾去撞擊洪鐘聽取如雷的開示，迴響在自己的心中。

虔敬祝福洪大哥一路順行，我們會在你的遺響中堅持你的志業。

凌霄（蕭蕭）　敬書　二〇一三年十二月三十一日

轉角遇到詩的莊園書院

我在彰化的山腳、田野長大，從小就奔馳在八卦山的山腰、山腹之間，穿梭於相思樹、龍眼樹、偶爾幾棵芒果樹的樹蔭裡，如果越過八堡二圳的圳溝，往西一望，田野就在我腳下，我在二層樓高的圳岸邊，腳下是向西綿延到天邊海角的田土，我看不到、追不及的太陽西下的所在，秧苗、稻穗、黃豆、番薯藤、油麻菜花，隨著季節，翻滾著不同的顏色，一區一區，一大片一大片，連綿著，交錯著，變換著，這就是我自幼認識的美，朗誦的詩。往東回望，不同的樹種，一樣的綠；不一樣的花色，相同的美；直立的綠檳榔，苦楝的紫色花，滿山相思樹的黃花碎點，不時轉換著的鳳梨香、桂花香、柚子香，以不同的坡度輕輕觸著藍天的腹部、白雲的翅膀。這是我常閱讀的另一首詩，帶著男子氣概而又有著美麗的弧度。

那時我還小，不認識詩，但詩已在大自然的清新空氣裡，在朗朗的青空、白雲深處，詩更在親情的呵護溫馨中，呼喚著我。

求學，讀書，教書，經過都市數十年的洗禮之後我又回到彰化的田野，處處是詩的田野，回到座落彰化田野裡的莊園書院——明道大學。這時，我已熟讀中國傳統大量的詩詞、日據時代多數臺灣詩人的作品、翻譯得達或不達的西洋名篇、雅或不雅的莎士比亞，還自己試著寫詩，試著以白話保留王維的深靜、東坡的豁達、水與風的無涯無際，而且好為人師，企圖教人激發潛能、激發想像力；同時，參與臺北詩歌節、太平洋詩歌節，到過希臘、土耳其、墨西哥的世界詩人大會。回到彰化，詩一般的田野有了不一樣的詩情，畫一般的山林也有了不一樣的畫意，跟我小時候一樣穿著短褲的少年卻多了一份精明、機靈，這時代所有的彰化人都在想：如何讓彰化走出去，讓世界走進來？我腦海中轉的是詩，如何讓彰化的詩人有自己的舞臺，如何讓機靈的彰化少年早一點認識大千世界？

花蓮人以世界第一大洋稱呼他們的詩歌節慶，我怎麼不能以臺灣第一大河「濁水溪」舉辦我們的藝文活動？

我敦請了新詩啟蒙老師瘂弦、鄭愁予來到彰化，邀請了彰化詩人吳晟走到鄉親的面前，我為瘂弦的舞臺準備了花，為鄭愁予準備了酒，為吳晟準備了鋤頭、稻草和板凳，他們因而為彰化子弟準備了豐盛的詩的饗宴。就這樣，「濁水溪詩歌節」成為臺灣三大詩歌節之一，年年以新的創意在各鄉鎮、各中學展演，年年邀請各世代、各族群的詩人深入彰化城鄉說解、化育。我又想到臺灣新詩史上最早的一首詩，公認是謝春木〈詩的模仿〉（一九二三），謝春木的老家就在明道向西十公里的芳苑地區；也有人說，依現存的手稿來看，臺灣新文學之父賴和的〈祝南社十五週年〉（一九二二）可能更早，賴和的老家在明道東北方三十公里的彰化花壇。不論如何，臺灣新詩史上最早的三首新詩的作者，賴和、謝春木、施文杞，他們都是彰化在地人，因此我選擇謝春木的筆名「追風」為名，建造「追風詩牆」，請和美地區書法名家李憲專（載一）落款題字，象徵文學青年追逐風尚的前衛性、現代性，選取新詩史上有名的篇章，依時代發展，配上數位設計，一柱一詩，展覽在「開悟大樓」向陽、向湖、向著一大片草坪的南側走廊，形成優美的景觀，八年來，每天都有校內的學生、外來的遊客駐足、觀覽，那些美好的詩句終究會內化為他們人文素養的一部分。

兩年後，我又延展「追風詩牆」的長廊景觀到學校東面鳳凰樹聚生的群落所在，闢造「鳳凰詩園」，以兩種相異的石板，一灰一黑鋪成，灰的粗糙適合踏行，黑的光滑宜於刻寫詩句，間雜而列，形成無聲的旋律波浪，在蠡澤湖畔遠遠一望，好像大型鋼琴鍵三白二黑、四白三黑，引人走踏。繞行詩園一周，總會在不經意處遇到自己喜歡的詩句：「我為你造船不惜匠工，／我為你三更天求著西北風，／只要你輕輕說一聲走，／桅杆上便立刻掛滿了帆篷。」（饒夢孟侃走，一九〇二—一九六七），「老是把自己當作珍珠／就時時有怕被埋沒的痛苦／／把自己當作泥土吧／讓眾人把你踩成一條道路」（魯藜，一九一四－一九九九），不自覺停下腳步，思索一會兒再前行。即使走踏多回、匆匆而過，也會一瞥那熟悉的詩句，那詩句又會在你腦海中再咀嚼、再回味，又會在你人生的行事風格上有著發酵的正面作用。

「鳳凰詩園」，沒錯，大家都見到了滿園鳳凰樹，興奮一點的鳳凰五月就開花了，喜歡涼爽的鳳凰樹可以延遲到十月還在展示滿頭的紅花，這麼長的花期，連接著春花秋月，多美好的校園一角！其實她還呼應了中國最早的詩人屈原故里秭歸的鳳凰山，呼應著西方文學的典故「浴火鳳凰」的重生祝福，走在「鳳凰詩園」裡，自然會翻滾著這許許多多的想像！

「鳳凰詩園」南側有八塊堅實的石頭，鐫刻著八位已逝的本土詩人如錦連先生的詩作，走在這裡，可以默默想念先人的奮鬥。北側則有兩首華人地區最著名的新詩，鄭愁予的〈錯誤〉、席慕蓉的〈一棵開花的樹〉，走在這裡，看看自己是否還能記誦？東側則有三十棵發送如詩一般香氣的桂花樹、蘭花，蘭桂騰芳，我們的下一代在這樣的境教下，會比我們更有好成就。

詩園環繞一圈，詩還在延伸，繼續走向「開悟大樓」吧！在你想不到的地方，也許是儲藏室的木架，也許是潔白的牆壁，也許是樓梯的轉彎處，轉角遇到王維、蘇東坡，莎士比亞、拜倫的詩句，你想不到的日本的《徒然草》，我們繫掛的日據時代屏東詩人楊華的名篇，轉角遇到詩，轉角遇到詩人，這就是彰化，這就是轉角可以遇到詩的莊園書院，人文氣息瀰漫的明道校園。

二〇一五年穀雨　寫於蠡澤湖畔

附錄

生命三稜——蕭蕭的私創作、詩推廣與思研究

李桂媚

詩齡超過五十年的蕭蕭（一九四七—），集作家、評論家、教育工作者的身分於一身，他是勇於為詩壇盜火的普羅米修斯，用文字的火炬點亮新詩王國的榮景；他是繆斯的使徒，無私推廣現代詩，如同傳教一樣堅持、有使命感；他是彰化文學的米開朗基羅，喚醒土地禁錮的靈魂，讓彰化被更多人看見。

十年前應陳維德教授邀約，蕭蕭二〇〇四年八月回到故鄉彰化的明道大學任教。這十年來，蕭蕭不只是在大學課堂播種，更積極推動各項文學活動，並和林明德、康原共同啟動「彰化學」。彰化是蕭蕭的家鄉，他人生的前二十八年一直以彰化作為生活核心。十年前因緣際會回到彰化，生命與彰化的連繫讓蕭蕭體認到，身為彰化囝仔，還有許多可以做、值得做的事情，等著他去實踐。

臺灣新詩發展從彰化開始，不論是最早發表日文新詩的追風（謝春木）、最早發表中文新詩的施文杞，還是被譽為「臺灣新文學之父」的賴和，他們都是彰化人，身為詩的愛好者，應該要做詩的愛好者所該做的事，於是蕭蕭決定從詩出發，為彰化撒下更多詩的種子，同時喚起詩與這片土地的連結，因而有了「濁水溪詩歌節」的誕生。蕭蕭舉辦作家研討會、系列講座、詩歌朗誦活動，到中學展覽詩人手稿，在校內打造追風詩牆、鳳凰詩園等裝置藝術，讓詩就存在生活之中。他也受邀跨過濁水溪、承辦嘉義「桃城詩歌節」，並飛越臺灣海峽，為福建的閩南師範大學策畫「閩南詩歌節」，一切都是為了將詩的火種傳得更廣、更遠。

與詩結緣

要談蕭蕭與詩的因緣，其實要從少年時代說起。《小學生畫刊》啟發了他對文學的愛好，從小學四年級（十歲）開始，他就熬夜讀課外書；一九六三年就讀員林中學高中部時，蕭蕭在舊書攤買到洛夫的詩集《靈河》，閱讀後深深感受到，這些作品截然不同於課本上押韻的古典詩，洛夫用當代的語言刻畫了生命的厚度，帶給他很大的震撼，蕭蕭的人生從此和現代詩有了連結。

那年十月，蕭蕭在「笠詩刊」的籌備會議上認識了詩人桓夫（陳千武），在生平第一位認識的詩人邀約下，蕭蕭創作了第一首現代詩，一九六三年十一月發表於《民聲日報》上。一九七〇年蕭蕭在金門服兵役，負責廣播電臺的新聞稿撰寫工作，當時有許多閒暇時間看書，便靜下心來閱讀現代詩，之後寫下三萬多字的評述，析論洛夫長詩〈無岸之河〉，在臺灣詩壇一戰成名。

當年有很多知名的詩社邀請蕭蕭加入，但蕭蕭認為他們這一代的生活背景和教育環境和前一輩截然不同，青年詩人應該發展自己的路。於是，他和辛牧、施善繼、陳芳明、蘇紹連、林煥彰、林佛兒等人，在一九七一年一月一日成立「龍族詩社」，期許年輕詩人能回歸到臺灣現實，寫出屬於臺灣的作品。雖然「龍族詩社」在新詩史上僅是短暫的存在，但它的出現代表著新世代詩人的覺醒與群聚，同時揭示了青年詩人對臺灣的關注。

一九九二年《藍星詩刊》停刊，詩壇一陣扼腕。當時中國多數學者都是採用馬克思主義的觀點來評論臺灣現代詩，蕭蕭和詩友白靈、李瑞騰覺得應該要用臺灣的角度來看這些臺灣的作品，以學術的方式重新定位臺灣現代詩，遂興起了組詩社、發行詩刊的念頭，他們邀請向明擔任第一任社長，又約了蘇紹連、尹玲、渡也、游喚，八個人共同創立「臺灣詩學季刊雜誌社」。

一九九二年十二月創刊的《臺灣詩學季刊》，第一期選擇「大陸的臺灣詩學」作為專題，針對中國出版的臺灣現代詩選集提出批判，引發兩岸迴響，戰火一路延燒到第十五期。「臺灣詩學」四個字，其實就表明了他們以臺灣為主體的立場，以及希冀建構現代詩學的信念，為了打造更完整的詩學研究體系，《臺灣詩學季刊》也在二〇〇三年轉型為《臺灣詩學學刊》。《臺灣詩學學刊》不僅是臺灣歷史最悠久的新詩研究學報，更是現代詩研究者不可或缺的參考資料。

另一方面，臺灣詩學成員之一的蘇紹連（米羅．卡索）在網路上非常活躍，有感於網路上創作者繁多，他在二〇〇三年在網路上設置了「臺灣詩學．吹鼓吹詩論壇」，接受網路投稿，甫推出就成為臺灣最大、最有代表性的詩創作及論述交流平臺，並從二〇〇五年九月開始出版實體刊物《吹鼓吹詩論壇》，提供網路佳作發表園地。近年來為鼓舞年輕人創作，臺灣詩學季刊雜誌社也企畫了「臺灣詩學吹鼓吹詩人叢書」，幫新世代詩人出版詩集，目前已出版二十幾本。

時序來到二〇一四年，臺灣詩學季刊雜誌社現任社長蕭蕭表示，當初會組成臺灣詩學，原意是希望建構臺灣現代詩學的雛形。《吹鼓吹詩論壇》刊物的推出即將屆滿十年，前面十年的詩刊可以看見蘇紹連努力的痕跡，二〇一四年九月出版的《吹鼓吹詩論壇》十九號交棒給新生代的詩評家陳政彥，期待他可以組成自己的團隊、發展自己的風格，和在網路論壇上扮演關鍵角色的蘇紹連共同形塑下一個十年的精采。現在臺灣詩學已經滿二十二歲了，到二十五週年時他希望能把社長的位子交棒給更年輕的同仁，讓詩社越來越年輕化。

在最新出版的《吹鼓吹詩論壇》十九號中，可以看到蕭蕭展讀菲華詩人謝馨詩集《哈露．哈露——菲島詩情》寫下的心得，顯見蕭蕭對現代詩的關心，並不局限於臺灣詩人，對於海外華人的創作，他也賦予同樣的關注。

寫詩一點訣

古人寫詩詞一向不輕易透露自己的訣竅，所以有「鴛鴦繡出從教看，莫把金針度與人」的說法，但蕭蕭從不吝於傳授寫詩、讀詩的方法，早在七〇年代，他就和張漢良共同編著《現代詩導讀》，引導大家如何閱讀新詩，並在《幼獅少年》連載「我們來寫詩」專欄，除了出版過多本教大家寫詩的書籍，臺灣詩學季刊雜誌社今年也策畫了北中南的「鼓吹詩詩創作雅集」，分別由白靈、解昆樺、陳政彥主持，提供老、中、青三代詩人創作交流的場域，傳承詩的薪火。

蕭蕭表示，會扮演起「新詩教育工作者」的角色，一切都是因為喜歡詩。詩是很美好的東西，卻一直很小眾，大家都說現代詩晦澀看不懂，寫詩的評論、寫現代詩的方法論，就是希望能把詩的美好傳達給更多人知道。過去古典詩已經有很多人撰寫論文研究，臺灣現代詩的發展還不到一百年，理論的系統化一直沒有人去建立，現代詩理論的系統化如果能建立起來，將有助於詩的推廣。因此，一九七九年他和張漢良合作《現代詩導讀》，張漢良以西洋文學理論為路徑，蕭蕭則用中國傳統詩學的觀點，兩人用不同角度去詮釋同一首詩作。《現代詩導讀》是臺灣第一本教人讀詩的書，很多五十歲以下的朋友或詩人都跟他說，看過他和張漢良編的這套書，當初會策畫《現代詩導讀》是希望透過賞析帶領大家認識詩，讓更多人喜歡現代詩。寫書大量賞析詩作的機緣，讓他歸納出許多創作技巧，所以後來也著手書寫現代詩的方法與技巧。

詩在空白處

從十六歲寫下人生第一首現代詩開始，蕭蕭已筆耕不輟超過半世紀，談到為何能在文學路上堅持這麼久，蕭蕭謙虛地說，很多前輩詩人或詩友都寫詩超過五十年了，前輩詩人把詩奉為信仰的精神，更是引領他繼續前進的能量。詩本來就充滿了奇思異想、奇趣，最初他是對古詩深感興趣，接觸現代詩後才驚覺，原來現代詩裡擁有更奇特的想像世界，讀一本詩選集，其中總會有那麼幾行詩句讓人驚豔，不由得再三咀嚼。

在中國文化的歷史長河裡，蕭蕭特別喜歡盛唐詩人王維的作品，王維的詩裡充滿定與靜的事物，比如〈竹里館〉的「明月來相照」，王維不寫太陽的光芒或炙熱，而是透過月光這樣類似太陽餘暉的印象，傳達詩人幽坐竹林的定與靜。閱讀現代詩中的留白，同樣能感受到心靈上的定和靜，而「空白」正是蕭蕭的詩觀。蕭蕭強調，文字越少，想像與詮釋的空間就越多，就像把房間裡的桌椅搬走，留下的空間可以做更多用途、發展更多可能。作者想訴說的東西當然很多，但在書寫的同時，一定要預留空間，引導讀者去冥思、去醞釀，甚至閱讀後可以演繹出自己的故事。

蕭蕭進一步說，「空」與「白」對他而言是接連在一起的，高中時曾經做過一個實驗，在圓盤上畫下十二種顏色，再將圓盤快速轉動，最後看到的顏色卻是白色，很多的「有」加在一起，反而成為了「無」。寫小詩可以留白的空間更多，所以他特別喜歡寫小詩，創作小詩的過程本身就是一種鼓動，不論是作者或讀者，都可以享受小詩的空和白，讓自己的心靜下來、定下來。

一沙一世界

「小詩」是蕭蕭新詩創作的一大特徵，蕭蕭也將相同主題的小詩並列在詩集裡成為組詩。組詩的出現一方面因為出版詩集會歸類，同類型的詩放在一起能加深讀者印象；另一方面，組詩的誕生導因於蕭蕭在創作過程不斷衍生新的想法，寫完第一篇覺得不過癮，於是又以第二首詩、第三首詩，繼續書寫同一主題的其他面向，比如《緣無緣》收錄的〈河邊那棵樹〉，詩人一提筆就是三十五首，河邊的樹可以跟自己的倒影對話，和腳邊的泥土、落葉、天空的飛鳥或是雨後的彩虹說話，可以跟任何人事物互動。

最新一本詩集《雲水依依：蕭蕭茶詩集》，五十一首詩都聚焦於茶，每首茶詩都有不同的寫作方式，透過視點的不斷轉換，呈顯茶的各種面向。古人也寫茶詩來讚美茶的甘美，蕭蕭的茶詩不只是品茶，更蘊含了故事情節，進一步將茶詩提升到「茶禪一味」的層次。〈茶韻　連作〉詩末寫道：「我的心空下來了／所以我的手也空下來了／茶杯空了／所以，天也空了」，藉由空了的茶杯感悟空白，寫茶其實也等於在寫禪。

除了樹、除了茶，蕭蕭寫「石頭」的詩幾乎都是組詩，舉凡〈石頭也有話要說〉、〈石頭也有淚要流〉都有兩首，二〇一一年出版的《情無限．思無邪》詩集更收錄有十二首〈石頭小子〉。蕭蕭指出，即使變成一粒小沙子，也不會改變它是石頭的本質，其中有很多值得去思考的地方，不論是石頭的硬度、色彩，還是石頭和周圍環境的關係，都是可以書寫的對象。「石頭小子」是矛盾語法，石頭是構成地殼的物質，它幾乎跟地球同齡，擁有千萬年歷史，他刻意選用「小子」來稱呼它，這樣的弔詭創造了詩的張力，刻畫一個幾千萬年生命的石頭，像小子一樣以新的面貌，出現在大家面前。

石頭的質地雖然屬於「硬」，但它遇到水、風這些「柔」的力量，卻會被浸蝕、風化，造成石頭容顏的改變，蕭蕭以「風來刻字／雨來紋身」等詩句，勾勒石頭面對的環境變化，以「渾沌中的渾沌而渾沌其中」，揭示石頭與天地同時存在。再者，石頭一直在變動它的形狀，卻沒有人注意到，這些觀察到了蕭蕭筆下，則成為「只有落葉看得懂／我曾經變換的姿勢」。

蕭蕭勉勵所有喜歡詩的人，寫詩沒有早晚之分，重要的是詩興、詩味，什麼時候都可以開始，例如向明，大家對他的評價就是「向晚越明」，年紀越大寫出來的作品越好，隱地也是五十幾歲才寫下第一首現代詩的。創作沒有捷徑，多讀多寫很重要，他在詩刊上閱讀到不算好詩的作品時，常常會覺得惋惜，心想這首詩如果在哪一點加強，就會成為一篇佳作了。既然無法把建言傳達給作者，他乾脆把這些句子轉化，把自己的想法加上去，寫出一首自己的詩。多讀才可能有更多想法，有時候我們會想到別人沒想到的，別人也會想到我們沒想到的，兩個加在一起就會發揮一加一大於二的能量。評論也是如此，寫評論有時候是機緣，可能是有人請你為詩集寫序，或是研討會徵稿，有時受限於篇幅或主題，寫完之後仍然覺得還有很多論點想講，就會再衍生另一篇論述，多寫自然會產生越來越多的東西。

濁水溪詩歌節

二〇〇四年回到彰化任教後，蕭蕭一直在思考：臺北有臺北詩歌節，花蓮有太平洋詩歌節，那彰化呢？詩歌節這麼好的活動，為什麼彰化的鄉親沒有辦法在這裡享受，必須遠赴北部或東部才能參加？一連串的思考促使蕭蕭決定，他要推動屬於彰化的「濁水溪詩歌節」。蕭蕭回憶當初舉辦「濁水溪詩歌節」的三個原因：一是希望藉由詩人朗誦、演講、展覽等經驗，讓彰化的鄉親能夠感受到詩的美好；二是提供彰化寫詩的朋友們一個展現才華的舞臺；三是透過報章網路的活動報導或訊息，讓彰化詩人的能見度提高，讓他們有機會被鄉親認識、被世界看見。

另一方面，蕭蕭認為，活動既然是由大學來主辦，就應該具備學術的高度、學理的厚度，對詩人致敬最好的方式，就是評論他的作品，用論文來肯定他、給予詩人或詩作學術上的定位。因此每年辦理「濁水溪詩歌節」時，都會搭配一場學術研討會，把臺灣各地的評論家邀集到明道大學來，一起交流對詩的看法，以及對詩人的評價。

有了這些構想後，蕭蕭開始為八十歲的詩人、九十歲的詩人舉辦研討會，第一個登場的是臺灣詩學季刊首任社長向明，二〇〇七年適逢向明八十大壽，他們初試啼聲，到位於臺北的國立臺北教育大學舉辦「儒家美學的躬行者——向明詩作學術研討會」。隔年他們將地點拉回彰化的明道大學，為八十歲的彰化詩人錦連舉辦「錦連的時代——錦連詩作學術研討會」，聚焦於錦連及其所見證的歷史，挖掘臺灣現代詩的時代刻痕。二〇〇九年再為日治時期彰化作家翁鬧辦理「翁鬧的世界——翁鬧百歲冥誕紀念學術研討會」，探索翁鬧短暫生命留下的精采作品，重新勾勒被稱為「幻影之人」的翁鬧之多元面貌。接連兩年以彰化詩人為主題舉行學術會議，不僅奠定了明道與在地詩人密不可分的結合，更成功喚起了大家對彰化詩人的重視。

爾後蕭蕭又陸陸續續為管管、周夢蝶、張默、隱地、鄭愁予等詩人召開學術研討會，二〇一四年欣逢笠詩社五十週年、創世紀六十週年、賴和一百二十歲冥誕，蕭蕭同樣肩負起為他們辦研討會的使命。「本土本色．現實實現——笠詩社創立五十週年慶祝活動」五月分在彰化熱熱鬧鬧舉行，六月分則來到臺北的紀州庵文學森林，讓更多人一起見證歷史性的一刻，共同感受詩的魅力與影響力。十月分的「穿越一甲子．橫跨兩世紀——創世紀六十社慶學術論文發表會」也在臺北舉辦，除了意味著明道走向臺北，更期許彰化可以和其他縣市接軌、與世界溝通。十二月在明道大學登場的「賴和，臺灣魂的迴盪——二〇一四彰化研究學術研討會」，不僅為期兩天，從多種面向探討賴和的文學，蕭蕭還邀請到研究賴和的前輩與後學們同臺演出，象徵文學的延續與傳承。

「濁水溪詩歌節」一方面搭配學術研討會，創造詩的高度，另一方面也走入社區，開拓詩的廣度。蕭蕭根據每年詩歌節主題挑選詩作，利用手稿、書法、電腦繪圖等形式呈現，到各個中等學校去展覽。蕭蕭指出，「濁水溪詩歌節」的原意是濁水溪發源在南投，經過彰化、雲林才出海，希望詩的活動足跡也能夠像濁水溪一樣，遍及彰化、南投、雲林，但因為主要經費支援來自彰化縣文化局，所以目前的展覽地點以彰化縣境內的學校為主。當然也有不少外縣市的學校得知有這些活動，主動邀約他們去展覽或演講，甚至二〇一一年時，嘉義市文化局也委託蕭蕭策畫推動「桃城詩歌節」，他們還出版了第一冊《臺灣詩人手稿集》，邀請詩人用毛筆、用鋼筆或是其他工具去書寫自己的詩作，藉由筆畫來回應情意。

《臺灣詩人手稿集》收錄了蕭蕭搭配水墨畫的小詩，〈石頭小子〉一詩寫道：「樹有枝所以可以向天空伸懶腰／我連無聊的鬚根都沒有／只好把雲當作心事放在天空飛」，石頭不是樹，沒有枝枒可以向上生長，也沒有鬚根可以交錯，它只是靜靜地看著日升月落，然而，石頭的肉身雖然無法移動，石頭的心靈卻是自由的，整個天空都是它的，所以它可以把想飛的心情託付給天上的雲，讓白雲代替它走過天際。石頭都可以如此自由了，更何況是人呢？短短三行詩句蘊含著無限人生哲思，或許就是這份「心向天地」的瀟灑與開闊，讓蕭蕭不吝於付出，把文學推廣當成一生的志業。

「濁水溪詩歌節」的佳評如潮，也讓蕭蕭率領的團隊應福建閩南師範大學邀約，到漳州舉辦「閩南詩歌節」。對蕭蕭而言，詩歌節的推動是把最初喜歡現代詩的心再展開來，不停地擴大、不斷地分享經驗，某種程度來說，就像是「詩教」的推廣。他希望未來有更多機會可以到各地推廣詩歌節，讓詩像彰化人的「母親之河」濁水溪一樣，提供豐碩的養分，在不同的地域裡蔓延，發揮「水善利萬物而不爭」的能量，讓文學向下扎根。

讓詩走入校園

值得一提的是，為了讓詩走入生活，蕭蕭還有一個「要讓校園充滿詩」的願望，而且詩人的狂想就在明道校園裡實現了！他在人文學院的院址開悟大樓一樓走廊，以寫下臺灣第一首日文新詩的詩人追風為名，設置了「追風詩牆」，展示臺灣新詩發展史上重要的詩人作品，搭配海報設計，讓學生更有興趣、更有系統地認識臺灣新詩。

「追風詩牆」選錄了蕭蕭的詩作〈阮老父〉，教養蕭蕭長大的父親一直是他此生最感謝的人，〈阮老父〉全詩採用父親慣用的臺語寫成，字裡行間流露著兒子對父親說不盡的愛：

人講海洋深無底
我講真失禮
阮老父的智識才是真正深無底
親像海中魚遐爾濟
人講海洋有夠闊
我講真歹勢
阮老父的愛有太平洋的十倍大
予我會當四界看，四界趖
伊的絕招、撇步無人會
伊是阮老父

在兒子眼中，父親就是世界上最厲害的人，詩人以海洋作為比喻，透過第一人稱來闡述，父親的學問比海還要深，父親懂的東西就像海裡的魚蝦那麼多；父親的愛比海更寬廣，甚至有太平洋的十倍大；詩末，兒子更是驕傲地說：「伊是阮老父！」

除了沿著走道開展出的「追風詩牆」，蕭蕭又進一步打造「鳳凰詩園」，將詩句刻在雕塑和步道上，將詩作一字一字裝置在木頭櫥窗上，讓詩更寫意地存在校園裡。蕭蕭強調，「鳳凰詩園」是一個園區的概念，漫步其中俯拾即是詩，從二〇一三年揭幕開始，此後每年都會增加一種詩的公共藝術，呈顯詩的多元面向，期待透過詩的環境薰陶，把詩的美好傳遞給更多人。

這些年來，有成千上萬的學子曾參與蕭蕭舉辦的詩歌節，感受到詩的溫潤，還有無數讀者在蕭蕭編寫的著作中，獲得生命的啟發，蕭蕭更將朝興老家改裝成圖書館、開放給鄉親學子看書，又在朝興國小九十五週年校慶時把千本藏書捐給朝興國小，傳遞閱讀的種子，這些在詩歌推廣與教育方面的努力，也讓蕭蕭在二〇一三年獲頒星雲教育獎。

繼續建構臺灣詩學

蕭蕭觀察到，臺灣現在的青年、學生除了教科書收錄的作品外，接觸現代詩的可能性很低，報紙雖然每天會刊載一首現代詩，但是學生不見得會看報紙，整體來說，受到的文學薰陶是很少的。而且詩壇還存在經典化、典範化的問題，一般年輕人認識的詩人，不外乎余光中、鄭愁予、楊牧、席慕蓉等大師，對於中生代、新生代作品，他們所知有限，對於日制時期的詩人更是陌生。有感於此，他和張默合編《新詩三百首》，用詩選呈顯一九一七年到一九九五年的海內外華文新詩發展，這本書也成為許多大學現代詩課堂的指定讀本。

在詩活動的推廣與詩藝的精進之外，近年付梓的新詩美學三部曲《臺灣新詩美學》、《現代新詩美學》、《後現代新詩美學》，階段性地從美學觀點來討論臺灣新詩，更被視為蕭蕭評論的代表作。談到目前和未來的寫作計畫，蕭蕭說，現代詩是一定會繼續創作的，另外他想書寫兩部詩學研究，一是「空間詩學」，過去他曾經寫過臺灣第一本區域詩學《土地哲學與彰化詩學》，現代詩發展中還有很多詩作與空間有所牽連，他希望能探索詩人們的空間書寫；另一個計畫則是「五行詩學」，五行就是「金木水火土」，其實就是物質、構成地球的元素，西方稱為「地水火風」，東方傳統叫「金木水火土」，他想釐清詩人在應用這些最原始的物件時，有沒有單一詩人偏好或特別擅長運用哪個元素的。

蕭蕭希望上述兩部研究能在近兩年完成。此外，他對彰化有著難分難捨的在地感情，彰化詩學仍然有許多待開發、值得書寫的面向，時間允許的話，他也希望能完成「批判史學與彰化詩學」、「神祕美學與彰化詩學」等區域性詩學研究，為「彰化學」奠定更多基石。

誠如向陽所言，蕭蕭融合了評論者的冷靜與創作者的熱情。張默也說，蕭蕭「為詩人造像，為詩作演義，為詩壇植林，為讀者點燈」。如果說作家是一個立方體，那視覺上我們最多只能同時看見立方體的三個面，創作、教學、研究只是詩人蕭蕭的其中三個局部，還有另外三道面向需要轉換視角才能看到，可能是感性與理性、鄉情與親情，也或許是禪與悟、毫末與天地……等待你用自己的方式去發現！

——原載《文訊雜誌》三百五十二期（二〇一五年二月）

月印千江・風行萬里——蕭蕭老師的文學行願

羅文玲

一輪明月：八卦山下一書生

二〇〇二年明道大學中文系成立，我剛取得博士學位來到明道專任教職，兩年後蕭蕭老師也回到彰化，我終於有機會與蕭蕭老師成為同事，跟他學習至今十一年。這期間，讀蕭蕭老師的詩和散文，總有似曾相識的熟悉，他的詩流露出自在的氣度，如王維的恬淡，也和蘇東坡與大自然共生共息的詩風相近；加上這些年與老師一起籌畫許多文學、文化活動，感覺到詩人那份瀟灑自得，自自然然從他待人處事中流露出來，深具哲理，令人沉思，特別是帶有禪風意境的詩篇，更是現代詩中珍貴的靈性之作，在午後靜靜品讀，總有清明與喜悅在流動。與老師亦師亦友的互動請益中，感覺到老師的純真是自然與溫厚的流露，其詩中所呈現的有如在銀色月光下散步的感覺，靜靜地傳達出一種生命的寧靜與豁達，是冬日午後陽光通過落地窗灑落的溫暖。

老師在中學教書三十二年之後，回到故鄉彰化，專任大學教職，「新詩美學三部曲」——《臺灣新詩美學》、《現代新詩美學》、《後現代新詩美學》，是他在八年內（二〇〇四—二〇一二）從講師升等助理教授、副教授、教授的三個階段代表性著作，也奠定臺灣新詩美學評論的重要基礎，更重要的是帶領年輕學者一起推動文學系列活動，從「濁水溪詩歌節」，到「漳州詩歌節」、「閩南文化詩歌節」、「武夷岩韻詩歌節」，同時推動屈原銅像入江出海來臺的文化盛事。生命的風光起落，他不入於心，處處與人為善；遇見經濟困難的學生，義無反顧挺身相助；將畢生圖書數萬冊捐贈明道大學國學研究所成立詩學研究室，提供學生研究之用，更成立閱讀心靈角落，一直堅持用文學詩心溫潤你我。

曾經閱讀到一則故事，和蕭蕭老師那一貫淡定與從容，擔水即擔水，做飯即做飯，掃地即掃地，四十年堅定不移地走在文學路上相類似。這個故事很簡單：

一個行者問老和尚：「您得道前，做什麼？」

老和尚：「砍柴擔水做飯。」

行者又問：「那得道後呢？」

老和尚：「砍柴擔水做飯。」

行者再問：「那何謂得道？」

老和尚：「得道前，砍柴時惦記著挑水，挑水時惦記著做飯；得道後，砍柴即砍柴，擔水即擔水，做飯即做飯。」

二〇一四年十月忙過了濁水溪詩歌節，我馬不停蹄投入彰化學術研討會聯繫以及閩南文化詩歌節的籌畫。平日忙於行政，假日尚須登臨八卦山書院講授《論語》，準備課程中，讀到「歲寒，然後知松柏之後凋也！」敘說孔子周遊列國時困於陳蔡之間，幾乎斷糧，但是他仍然淡定面對逆境，教導學生觀察松樹與其他樹的差別，思維松柏在寒冬中仍然蒼勁挺拔，與老師同事十多年過程中，感受到老師對學生溫和慈悲，堅定自己的腳步，不為外境的苦寒艱困所動，一如松柏。

學期初，學校開放弱勢助學工讀的申請，審核資格是否符合，需要耗費幾週，學生必須先分派到學校工讀試用五十小時，審核通過符合低收入戶的條件，方能領弱勢助學金。正式的公告出來之後，有幾位文學院的學生不符合條件，無法取得助學金甚至原先工讀的五十小時依規定算作服務奉獻。老師知道之後，主動捐助一筆款項，讓這些弱勢學生領取助學金。我問老師他為何如此做？老師回答：「我兒時家裡貧困，上大學時，由高中老師帶著我到員林街上，挨家挨戶向陌生人募款籌措大一的註冊費。上大學之後，自己靠著打工度日完成學業，深深體會貧窮之苦啊！不忍心呀！」

因為體會過貧窮的滋味，因為感受到工讀的辛苦，所以，老師總是能站在與學生一樣的高度，苦人所苦的同理體貼。

遊走於八卦山間的蕭蕭，會是光明人心的一輪明月。

月印千江：以詩傳心度金針

從來沒想過，在校園中鐘聲會隨著聖誕節來臨轉換成聖誕音樂！

從來沒想過，人文學院會有如霍格華茲魔法學校的驚奇與繽紛！

從來沒想過，轉彎的地方會遇見濃郁溫暖的咖啡香與淡淡茶香！

十二月，明道大學鐸韻雅築旁邊好大一叢銀閃閃雪亮的白雪聖誕已經繽紛綻放，夜裡，校園中或是開悟一樓處處閃著光明的聖誕樹，蕭蕭院長上任人文學院院長之後，走進開悟一樓中文系書道教室，由老師捐助規畫完成的「雲水間」，點起了兩盞溫暖光明的大燈，在那裡有宋韻唐風的「雲水間」，我們在開悟大樓人文學院的轉角遇見咖啡，遇見飄香茶韻。茶暖身體，情暖心。

在「雲水間」，曾經用茶席與宋韻唐風茶道，款待祕魯副總統，準備好上等武夷岩茶「鐵羅漢」、「水金龜」，特等的凍頂烏龍茶，臺茶十八號「紅玉」，來自二千三百公尺海拔的阿里山「珠露」，以及「東方美人」，來自南美洲的朋友，最喜歡的茶品是「東方美人」，在茶席中，他們念念不忘的是金黃茶湯優雅溫潤的蜜香滋味以及人文學院的人文氣息！

「寒夜客來茶當酒，竹爐湯沸火初紅，尋常一般窗前月，才有梅花便不同。」在寒冷的冬日裡，老師規畫「雲水間」升火煮茶，許多朋友因著東方美人的茶香，感到歲月靜好的幸福。「東方美人」，最能代表東、西文化融合的元素；典雅、親切的東方那股美麗優雅韻味。

走出雲水間，在銀白聖誕松樹的人文學院中廊廣場，兩位學院顧問送給蕭蕭院長圓形的膠囊咖啡機，猶記得收到咖啡機的第一時間，老師親手為所有的助理、工讀生以及主任奉上一杯咖啡，讓我們感受到前所未有的溫暖。這臺咖啡機放在學院辦公室，讓喜歡咖啡的老師，可以瞬間沖泡出六星級頂級的焦糖瑪奇朵、摩卡咖啡、拿鐵。這暖暖的咖啡香，可以提起我們的精神，安頓我們的身心，讓匆忙的工作也可以轉瞬之間在咖啡香中定靜安寧！

喜歡喝茶的朋友可以來到雲水間；想喝一杯咖啡時，可以到人文學院。日子，在茶中，顯得鮮活而純淨！在咖啡香中，有許多力量！感謝老師的用心及溫暖，他無私大器地開放雲水間與咖啡香！老師善待大家，讓每一次的茶湯都是美好的相遇，當嗅覺與甜甜的蜜香相遇的瞬間，給浮躁一味清涼，給落寞一點慰藉，給疲憊一些鬆弛，給迷茫一片開闊，如同滿園潔白的聖誕白雪，以一片潔淨與寧靜妝點忙碌的日子！

閱讀過老師的茶詩〈轉彎的地方要有茶在舌底的記憶〉，聽老師提起他在雲南昆明機場即將前往西雙版納，在未知起飛時間的狀況下，撥空提筆寫詩寬慰學生要練習自在寬心面對生活中的考驗，自己正處於慌亂無援的時空中，仍然想到遠方的學生，可以見其修養與慈愛之心。

〈轉彎的地方要有茶在舌底的記憶〉

雲在天空的唇邊抿嘴
塵灰在快樂的區塊翔飛
你不用想我
我就在鵝黃的茶湯底與陸羽同沉同浮同沉醉
…………

雪在雪山不猶豫自己的飄落處
海在岬角歡呼海的高度與呼吸
我不用想你
轉彎時你舌底總是含藏茶葉苦澀後的記憶

我請託國學所的博士生李憲專，將這首詩用書法寫在茶席上，用這張茶席搭配素雅的白色瓷杯，在茶香中，在淡泊中，有深深的茶香與人情味在流動著！映襯著老師長期推動文學教育與情境教育的那顆心，那是凡有水的地方都可以顯映的月光啊！那是可以顯印的佛心本性啊！

江上清風：溫馨感人薰風暖

老師回到祖先出發到臺灣的老家——福建南靖雲水謠，將滿山茶樹，空氣中飄散的茶香，以及一起同遊的好朋友，與美麗的雲水謠景色，凝在文字裡。隨文入觀呈現出一種如詩如畫般的畫面，令人神往。也呈現出老師將文學教育推動一直放在心中。

〈南靖雲水謠〉

風　無意說法
從高處的雲端飄近水湄
又飄向遠方
遠方　無心說法
任雲從山谷間聚攏
又散飛到天際
天　無能說法
千萬年來只讓一個謐字
吸引大地
大地　無處說法
卻容許綠色大聲喧鬧
綠　無法說法
只讓茶米心的香氣在雲水間　搖

——《雲水依依》（釀出版，二〇一二），頁六十六—六十七

1.積極推動文學詩歌教育：

老師自二〇〇八年至二〇一四年已連續七年為彰化縣策畫推動「濁水溪詩歌節」，中間還插入二〇一一年為嘉義市策畫辦理「桃城詩歌節」，二〇一二年以後為福建閩南師範大學策畫推動「漳州詩歌節」、「閩南文化詩歌節」。蕭蕭老師用詩歌的方式引領青年學子，用文學溫潤生命，多年來參與詩歌節的年輕學子有上萬人，讓詩歌的美好傳遞予大學生、中學生乃至社會大眾，影響無遠弗屆呀！

2.捐書數萬冊，以書香傳遞閱讀的種子：

老師捐贈兩萬冊學術研究及文學理論的書給任教十年的明道大學，並成立「詩學研究室」，提供所有大學生及研究生在文學研究上豐富的資源，他更希望明道學子可以因為讀書提升自己，在生命過程中認識自己，學生使用這些圖書採取榮譽制，自發性的學習。

想到自己童年貧困的經驗，希望改善朝興村的圖書資源，老師秉持人親土親的想法，回饋鄉里照顧偏鄉的學子，將三千多冊童書及文學書捐贈給家鄉彰化社頭鄉朝興國小，並成立「蕭蕭工作室」，購買靠枕讓孩子舒適閱讀，大公無私地與社區的民眾分享，希望藉由閱讀資源的開啟，搭起後生晚輩成長的階梯，通過閱讀看見世界。其智慧長者的風範與仁者胸懷令人欽佩。

3.編寫書籍筆耕不輟：

老師曾經擔任中學老師三十二年，他為中學生編寫的許多作文教學與語文的教材將近三十種，同時也編寫過關於新詩教學與評論的書籍，蕭蕭老師自己的創作詩集與散文集，迄今已達一百三十五本，筆耕不輟，對文學教育貢獻卓著，許多年輕學子在作文與語文學習的過程受益良多。

4.深研現代文學研究：

老師對於現代詩人的研究非常深入，近年來帶領明道大學中文系與國學所團隊辦理過翁鬧、錦連、向明、周夢蝶、管管、張默、隱地、王鼎鈞、鄭愁予等重要詩人的學術研討會，對現代文學的研究貢獻卓著。其重要的新詩評論《臺灣新詩美學》、《現代新詩美學》、《後現代新詩美學》三部書更是現代詩學研究重要的參考著作。

蕭蕭，一陣風，一陣清風，一陣江上清風，詩與文學隨著這一陣江上清風，撫慰著許多人心趨向聖美善真。

風行萬里：萬里浮雲萬里天

在風月無邊的靜夜裡，品讀蕭蕭老師的詩歌或散文，每一篇作品都傳遞出一種寧靜身心安頓的自在，是一種歲月靜好的沉澱，經過歲月釀出的純淨美好。

一生為詩歌，為推動文化教育，用詩的境教，在明道大學建立「追風詩牆」、「鳳凰詩園」、「詩學研究中心」、「詩櫥窗」，轉角遇到詩，不斷思維如何提升文學教育與孩子的學習，讓詩歌的種子在自然的環境中走入生命。如維摩詰居士的隨緣自在，從容自得，儼然老師詩作〈長教人　生死相許〉所呈現的境界：

起音：雲

蔚藍是永遠的底蘊
你長辭了
雪是本然
你將她放在心底鋪陳萬里長白
濾除了五百年的愛怨憎嗔
縱落凡塵

從此真水無色，不顯觀音法相

主唱：水

淙淙，錚錚，不再以色顯聲
從高遠的山巔
帶著清茶的香氣
從煙嵐的腰際
向著人心皺摺的深處
歌，不盡
你是不盡的歌，浮生柔聲不盡的謠

迴響：謠

茶香一般飄散在唇齒之間
彷彿有風　和著
彷彿是低音小提琴
彷彿春雷滾動
彷彿少年時媽媽的千叮嚀萬叮嚀

和著　彷彿有舌滑行
你一直是茶香，長教人以生死相許

——《雲水依依》（釀出版，二〇一二），頁七十四—七十六

老師為人處事與思維事情，表達圓融諧和的美感特質。如一顆寶珠映現出其他珠影，並映現出其他寶珠內所含攝的無數珠影。珠珠相含，影影相攝，重疊不盡，映現出無窮無盡的法界，呈顯出博大圓融的絢麗景觀。圓融是禪的至境，也是老師文學行願的至境。

想到千年之前宋代大文豪蘇東坡在後更年期之後，從海南島回到中原旅途中所寫的詩，〈六月二十日夜渡海〉，約略可以比擬蕭蕭的生命與詩思：

參橫斗轉欲三更，苦雨終風也解晴。
雲散月明誰點綴，天容海色本澄清。
空餘魯叟乘桴意，粗識軒轅奏樂聲。
九死南荒吾不恨，茲遊奇絕冠平生。

斗轉星移，時間流逝，眼看天色就要到三更，風停雨歇了，天也終於放晴了。雲散去後，那朗朗的明月又有誰來點綴呢？藍天和大海本是一派澄澈透明、清白純潔，無須點綴。

最近老師在臉書的一段話：「新年伊始，我將聖誕松樹移植到宿舍前的小花園，我知道他會繼續枯萎，針葉會一葉葉凋零，樹幹會一天天乾旱，我可以像日本人一樣，在他旁邊鋪上白色石，形成絕美的枯山水。但我終究是蘭陵子弟，為他鋪植了草皮，樹是枯的，草是綠的，我看著樹枯草綠，想著自己與文學的一生。」是的，樹枯草綠，各有榮枯，但文學的生命會代代相傳下去。

老師這一生飽覽天下奇觀美景，曾經獲邀前往香港大學、閩南師範大學、廣東外語外貿大學、湖南、雲南、菲律賓以及新加坡，擔任駐校作家、采風作家、客座教授，在臺灣不論是居住在臺北，或是回到故鄉彰化，筆耕不輟，永遠用詩心與文心溫潤著眾生，將生命的哲思，化作美好的詩篇，進入讀者的心中，有如風行萬里，裹覆著地球、裹覆著你我。

二〇一五年大寒之日寫於明道大學開悟大樓

——原載《國文天地》三五八期（二〇一五年三月）

九歌文庫 1208

快樂工程

作者	蕭蕭
責任編輯	張晶惠
創辦人	蔡文甫
發行人	蔡澤玉
出版發行	九歌出版社有限公司 臺北市105八德路3段12巷57弄40號 電話／02-25776564・傳真／02-25789205 郵政劃撥／0112295-1
九歌文學網	www.chiuko.com.tw
印刷	晨捷印製股份有限公司
法律顧問	龍躍天律師・蕭雄淋律師・董安丹律師
初版	2016（民國105）年1月
定價	300元

書號	F1208
ISBN	978-986-450-031-4

（缺頁、破損或裝訂錯誤，請寄回本公司更換）

國家圖書館出版品預行編目資料

快樂工程 / 蕭蕭著. -- 初版. --
臺北市 : 九歌, 民105.01

面 ;　公分. -- (九歌文庫 ; 1208)

ISBN 978-986-450-031-4（平裝）

855　　104023825